Mon presque conte de fées

Mariana

Couverture réalisée par **Kouvertures.com**

DÉDICACE

Il est des personnes qui passent dans votre vie en ne laissant pas la moindre trace. Et il y a ceux qui vous marquent d'une empreinte indélébile. À toi qui m'as donné la force de réaliser mes rêves, même si tu n'es plus là pour le voir.

CHAPITRE 1

Suzy

Il était une fois un petit crapaud : baveux et pas vraiment beau. Oui, un crapaud, pas la grenouille des contes de fées qui se transforme en prince charmant. Surtout que là, cela serait en princesse pas charmante du tout ! À presque vingt-six ans, ma vie n'est pas vraiment telle que je la rêvais. Elle est pourrie et je sais que rien ne va changer avec cette nouvelle année. Ah oui ! Demain, ce sera mon anniversaire. Formidable !

Mais pour aujourd'hui, je me mets en route pour le bureau. Je m'arrête dans mon café préféré pour prendre un *cappuccino* noisette et un *muffin* à déguster en travaillant. D'une main, je porte le tout et de l'autre, je tiens mon téléphone en discutant avec mon meilleur ami, toujours à mes côtés, Manu. Je lui raconte mes dernières mésaventures. Il est l'une des bonnes choses de ma vie.

Une fois devant les portes du bâtiment, je raccroche avant de monter au quatorzième étage. Cette vie de *working girl*, j'en ai rêvé depuis mon adolescence. Je pensais que j'en retirerais de la satisfaction, de l'indépendance et du respect. Or, j'étais loin du compte. J'ai bien le titre de commerciale dans une société de placement de personnes dans le domaine de l'informatique. Je sais, ce titre est pompeux. Retenez juste que je place des personnes dans des entreprises pour répondre à un besoin. Mais, en réalité, je ne fais que répondre à des appels d'offres, rédiger des propositions, des comptes rendus de réunion… Contrairement à mes collègues, je suis cantonnée aux tâches administratives. Et aujourd'hui ne fait pas exception.

J'attaque la journée avec deux gros dossiers que Thomas, mon *boss*, m'a donnés en début de semaine. Thomas est un rêve inaccessible. Il est beau et il en joue, intelligent avec de l'ambition, beaucoup d'ambition. J'avoue que je trouve ça *sexy*. Je vous le décris pour que je ne sois pas la seule à saliver. Il est grand et musclé comme un dieu du stade. Vous voyez ? Si, si, je ne suis pas la seule qui regarde le calendrier, tous les ans, dans les librairies, pendant de longues minutes. Il a des yeux noisette avec cette lueur de malice qui fait craquer toutes les femmes de plus de seize ans et une fossette. Quand je vous disais qu'il représente un rêve inaccessible, je ne mentais pas ! Il est très au-dessus du niveau habituel des hommes qui partagent mon lit.

Je ne pourrai pas finaliser les deux dossiers avant ce soir. Je décide de prendre le plus urgent en premier. Le dossier Talion, dont la présentation est prévue demain, le jour de MON anniversaire. C'est un signe ?! Cette fois, je vais tout faire pour que Thomas me la confie. Je me sens plus prête que jamais, je veux lui montrer que je suis à la hauteur. Et avouons-le, je veux qu'il me remarque enfin.

Le dossier est complexe et la présentation doit être parfaite pour mettre toutes les chances de mon côté. Je travaille pour ce client depuis environ deux ans, je connais bien ses attentes. Je souhaite lui proposer une solution différente de nos concurrents en déviant un peu de sa demande initiale. Si j'amène bien le dossier, il, monsieur Durray, pourrait bien donner à Thomas plus de budget et un périmètre d'action plus large. Tellement concentrée, j'en oublie le déjeuner quand mon dieu du stade passe près de moi et lance : « Treize heures, allons manger ! » Instinctivement, je lève la tête de mon dossier, prends mon manteau.

— Pas vous, Suzy. Sarah, on y va ? dit-il le plus naturellement du monde. Avant d'ajouter : « C'est Sarah qui fera la présentation Talion ».

Je n'en reviens pas et reste un moment silencieuse, comme un boxeur après un *uppercut*. Il faut que je me reprenne. Calme-toi, Suzy ! Pas d'esclandre ! Je passe mon manteau puis réponds, en baissant les yeux : « Je vais me prendre un *sandwich* ». Mais, pourquoi je ne lui réponds pas que j'ai fait ce dossier de A à Z et qu'il me revient de droit ? Simplement, parce que je ne veux pas perdre mon *job*. Je ne veux pas m'avouer vaincue ni admettre que peut-être que mon travail n'est pas assez bon pour que je le défende moi-même. Thomas ne me fait pas assez confiance pour me laisser défendre le dossier alors que je suis salariée depuis plus longtemps que Sarah. C'est moi qui lui prépare tous ses dossiers. Je dis bien tous. Cependant, comme je ne vais pas rencontrer les clients, c'est Sarah qui remporte les contrats, sur le papier. Cette situation dure depuis bien trop longtemps. J'en ai marre ! Comment dire à Thomas que je veux mener ce dossier jusqu'au bout sans me faire virer ? Il est tranchant, je l'ai vu virer des gens pour moins que cela. « Incompatibilité d'humeur », a-t-il avancé.

Contenant ma rage, je me dirige vers l'escalier plutôt que l'ascenseur. Une fois seule, je serre si fort les doigts que mes phalanges virent au blanc. Je pousse un cri, puis prends une profonde inspiration pour rejoindre mon amie, Aurélie, de la compta. On déjeune toujours ensemble. Plus que des collègues, nous sommes amies. Si la vie m'a appris une chose, c'est que les copains ou copines, on en a plein et ils ne font que passer dans notre vie. Mais les amis, on ne peut les compter que sur les doigts d'une main et ils marquent votre vie de leur empreinte indélébile. Le service compta est au dixième. La déco de cet étage est tout aussi austère et minimaliste que celle de mon *open space*. Tout cela manque de chaleur humaine. Les bureaux sont hors d'âge, les murs sont blanc passé, c'est-à-dire sale. Et que dire de nos ordinateurs préhistoriques ? Des portables avec le Pack Office de base. Mais ils pèsent au moins cinq kilos bout de bras, c'est dire s'ils datent ! Mon amie est plongée dans ses livres de comptes quand je l'interromps.

— Tu sais qu'il est treize heures et que mon ventre crie famine ? lancé-je comme une plainte.

— Oh ! Je n'ai pas vu l'heure ! s'excuse mon amie.

— Pour être franche, moi non plus. Mais j'adore voir ta mine déconfite quand je te fais de faux reproches, dis-je avec un large sourire.

Puis, j'ajoute en soufflant qu'il me faut du chocolat, beaucoup de chocolat.

En bonne amie, elle comprend et le *Bat* signal. C'est une urgence cacao *women,* alors on prend la direction de notre boulangerie préférée. Le temple de la perdition pour toutes les femmes voulant un minimum entrer dans leurs maillots, cet été. Mais je m'en fous, je n'ai pas de mec à qui montrer ce corps de rêve. Oui, j'ai un corps de rêve sous mes kilos en trop. Aurélie se contente de prendre une salade et un *cookie* car elle, elle a un *zhomme* et un bien ! Faut dire qu'il porte un nom prédestiné : Tristan. Il est gentil et follement amoureux d'elle. Bon, il n'est pas parfait. Personne ne l'est. Il aime, rectification, il vénère le *foot*. Néanmoins, je crois qu'il ferait n'importe quoi pour elle. Il a même déjà raté un *match* de son équipe préférée, le PSG. Et ce alors qu'il avait des places pour aller au Parc. J'en suis presque jalouse ! Je prends un *sandwich* bien trop gros et bien trop gras avec une part de trianon, mon gâteau au chocolat et praliné préféré. Une tuerie de la première à la dernière bouchée ! Tout en mangeant, j'explique la situation à mon amie. Elle est franche et plutôt directe, comme nana. Elle est aussi très prévenante, sensible et toujours à l'écoute.

Elle m'explique que je n'ai que deux solutions : soit je m'écrase, encore et encore. Et ça continuera ainsi jusqu'à ce que je craque puis finisse par faire un *burn out*. Soit je vais parler à Thomas pour tout lui dire sauf qu'il me plaît un peu, beaucoup. Et j'attends de voir s'il me vire ou pas. Je décide de prendre l'après-midi pour réfléchir. Demain, à la première heure, je lui parlerai si j'ai choisi cette option. Il sera encore temps, la présentation aura lieu dans l'après-midi.

De retour au bureau, je me replace derrière mon écran. Thomas et Sarah rentrent de déjeuner. Ils sont tout sourire. Elle joue les greluches pour lui plaire. Elle m'énerve ! Moi aussi, je peux rouler des hanches même si je roule plutôt grâce à mes hanches ! Passons, mes rondeurs ne sont pas à l'ordre du jour. Sarah me tape sur le système. Depuis qu'elle est arrivée dans la boîte, elle charme chaque mec qui passe par-là. À croire qu'ils n'ont jamais vu une grande blonde aux jambes interminables. Certes, elle a un physique parfait. Cependant, elle est aussi manipulatrice et machiavélique. Elle a fait virer toutes ses concurrentes potentielles. Pas moi.

Apparemment, je ne représente pas vraiment un danger pour elle. « Pas assez jolie », aurait-elle sorti à ses copines garces du *marketing*, sans voir Aurélie qui passait par là. Mon amie ne voulait pas me le dire. Sauf qu'une fois, au cours d'un déjeuner, je me plaignais encore et toujours de cette mégère. Elle s'énervait en disant que je valais tellement mieux que Sarah. Puis, d'un coup, sans prévenir, c'est sorti. Ensuite, je lui ai tiré les vers du nez pour connaître toute l'histoire. Elle me l'a confiée, peinée par avance de la douleur que provoquerait sa révélation.

Je bosse le reste de la journée et clôture enfin mon dossier vers dix-neuf heures. Il est temps pour moi de rentrer, je le prends avec le second dossier à boucler avant le *week-end.* Je vais devoir y passer une partie de la nuit. Heureusement que demain, c'est vendredi ! J'en oublie presque que mes amis mon invitée à boire un verre pour fêter mon anniversaire. J'adore mes amis ! Ils sont ma famille plus que mes parents ne le seront jamais.

De retour dans mon petit appart, je retrouve ma Bestiole. Là, tout de suite, vous vous posez plein de questions, hein ? Bestiole est mon chat. Oui, Bestiole est son nom. C'est un cadeau de Manu. C'est lui qui lui a choisi son patronyme et je le trouve juste trop drôle. Quand j'ai pris ce logement, il me l'a offert pour que je me sente moins seule. Il est tigré gris avec des yeux bleus à faire fondre le cœur d'une femme. Un mâle parfait pour moi ! Câlin à souhait et obéissant, le rêve ! Il a juste tendance à mettre ses jouets partout comme un homme sème ses vêtements. Dès que je rentre, il accourt pour quémander des caresses. Bizarrement, je ne résiste jamais. Il ronronne et après cinq bonnes minutes de grattouilles intensives, il part satisfait. Je peux enfin enlever mes chaussures. Je me déleste aussi de mes vêtements, prends une douche et enfile un *tee-shirt* rose beaucoup trop grand pour qui que ce soit. Il vient de San Francisco et c'est écrit dessus avec le dessin d'une planche de *surf*. Encore un cadeau de Manu, un souvenir de voyage. Il parcourait le monde pour son métier. Il est photographe. Parfois de mode, ce qui explique la beauté et la quantité de ses ex. Parfois et surtout pour des bouquins de cuisine, de voyage, un peu tout. Il essaie d'être plus connu pour ses clichés artistiques, il a un don pour trouver et révéler la beauté dans une scène ou un objet qui nous paraît anodin. Depuis qu'il a perdu sa mère, il a suspendu les voyages et j'avoue que j'en suis ravie. Comme tous les soirs ou presque, je lui envoie des messages en préparant mon dîner. Je n'aime pas manger du tout fait le soir. Certes, à midi, je n'ai pas le choix. Mais le soir, je me cuisine de bons petits plats et le *week-end*, je me lâche. Je fais des plats en sauce ou des gâteaux qui sont soit mangés au cours du *week-end* pour les amis, soit congelés en prévision des visites de Manu. C'est fou tout ce qu'il peut manger ! En plus, il ne prend pas un kilo. Franchement, ce n'est pas juste !

Je mets les légumes à rissoler et tape à Manu un message : « Je vais dîner d'une poêlée de légumes et bœuf sauce *saté*, ce soir. Puis, bosser sur mon dossier en mangeant plein de bonbons Haribo. Parce que ce n'est pas beau, la vie, pour les moches et les moins jolies ! MDR. »

Je remue et assaisonne les légumes de mon primeur de quartier car je crois aux bienfaits des circuits courts. Les grandes surfaces, c'est bien quand on n'a pas de gentils marchands de proximité, serviables et qui travaillent dur. Je préfère donner de l'argent à mes petits commerçants qu'à un conglomérat industriel qui ne sait pas qui je suis. Il m'appelle par mon prénom et me met toujours de côté mes fruits et légumes préférés.

Je reçois la réponse de Manu : « Garde-moi des Tagada, je passe après ma soirée. Mademoiselle est jolie, mais… on n'a rien en commun. »

Je réponds en ricanant d'avance de mon humour publicitaire : « Les Tagada, mes préférés !... Ma porte t'est toujours ouverte. Utilise ton trousseau, je ferai un tour de clé. »

« Ça va faire une heure qu'elle me parle de ses rajouts et des techniques d'extensions. J'ai juste compris que ce ne sont pas ses cheveux. Tu crois que je serais classe avec des extensions ?! » Je sais qu'il avait un grand sourire en envoyant ce message. J'ai le même en le lisant.

Je textote en m'installant sur mon petit bar, renommé îlot central par les nouvelles émissions déco : « MDR. Style Orlando Bloom dans *Le seigneur des anneaux* ou style Cro-Magnon ? »

« Orlando, c'est *sexy* ! Cro-Magnon, c'est grotesque ! T'as vu le jeu de mots, Ramucho ? LOL. Faut que t'arrêtes de me distraire, je n'arrive pas à garder mon sérieux et elle croit que je me fiche d'elle. »

J'envoie « Oki, j'ai du boulot. À toute, beau gosse ! » en finissant mon dîner.

« Vile flatteuse ! Courage, j'arrive dans moins d'une heure. Bise, ma Suzy. »

Manu

Cette soirée est un enfer ! Comment j'ai pu penser que prendre un verre avec cette fille serait une bonne idée ? Franchement, si Suzy ne m'avait pas fait rire avec ses messages, je crois que je serais mort d'ennui. Ce soir, il fait encore bon, dehors. J'ai réussi à quitter *Miss* faux cheveux en prétextant que Suzy m'avait envoyé un message disant qu'elle avait le moral à zéro à cause d'un mec. Elle m'a laissé partir à contrecœur, me signifiant qu'elle avait bien de la chance d'avoir un ami comme moi. Ce qu'elle ne voit pas, c'est que c'est moi qui ai de la chance de l'avoir. Suzy a toujours été là pour moi et encore plus depuis deux ans. Elle prend soin de moi, me nourrit et croyez-moi, ce n'est pas une mince affaire ! Et elle me fait rire et sourire même quand je ne veux pas. Elle a toujours eu le don de me distraire si je vais mal ou que mon esprit part loin, très loin.

Je marche jusque chez elle, c'est plus près que chez moi. Je vais squatter son canapé, cette nuit. Elle ne me le refuse jamais et je n'ai pas envie de rentrer en métro. Quand j'pénètre dans l'appart, j'entends la radio en fond sonore. Je la découvre endormie sur le canapé, son dossier sur les jambes qu'elle a croisées, la tête en arrière. Elle a l'air si paisible ! Elle ressemble à une créature céleste. Ma mère me confiait souvent que pour elle, Suzy était notre ange gardien. D'après elle, elle était là pour nous rappeler que la bonté existe et que son âme avait quelque chose de magique, comme un baume qui soigne tout.

Putain ! Que ma mère me manque, surtout aujourd'hui ! Demain, je sais que ça va être une dure journée pour Suzy, mais je ne peux rien lui en dire maintenant. Je n'ignore pas qu'elle prendrait peur et fuirait. Dès que ça la concerne de trop près, elle se referme. Sauf pour la mort de ma mère. C'est la seule fois où je l'ai vue affronter une situation douloureuse, mais je crois qu'elle l'a fait pour moi. J'ai presque peur de la réveiller. Je caresse sa joue puis je lui glisse doucement à l'oreille : « Salut, beauté ! Quitte les bras de Morphée, ton homme est là ! » Ses paupières s'entrouvrent doucement et elle me susurre : « Oh Orlando, tu es si, si… chevelu ! » Sûre de son coup, elle éclate de rire et je la suis. Que c'est bon de l'entendre ricaner ! Elle est mon ancre. Sans elle, j'aurais coulé, il y a deux ans, quand j'ai perdu ma mère.

— Range-moi ton dossier, beauté, faut qu'on parle ! Aurél m'a appelé, lui suggéré-je sans grande conviction sur mes chances de réussite.

Bizarrement, elle s'exécute. Je n'ai jamais vu personne plus assidu et travailleur pour une boîte qui n'a aucune reconnaissance. Je sais qu'elle a une revanche à prendre sur la vie. Mais cela vaut-il qu'elle s'empêche d'en profiter par ailleurs ? Je n'en suis pas certain. Ce dont je suis sûr, par contre, c'est que je ne peux plus la voir comme ça. Il faut que je fasse quelque chose.

— Elle t'a tout dit ? me questionne-t-elle.

Je hoche la tête en guise de réponse et ajoute : « Cette fois, tu n'as plus le choix. Il faut que tu RÉ-A-GISSE et pas question de te dégonfler demain matin ! Je vais moi-même t'escorter jusqu'au bureau et je passerai te prendre le soir pour deux raisons : la première, pour t'emmener fêter ton anniversaire dignement. Et la seconde, pour vérifier que tu as mis les points sur les « i » avec ce branleur !

— Ne sois pas vulgaire, ça ne te va pas du tout ! Et ce n'est pas un branleur, comme tu dis. Je crois juste qu'il a peur que je me plante devant un client. Dois-je en conclure que tu dors ici, ce soir ?

— Ton canapé et moi entretenons une relation très suivie. Et arrête de trouver des excuses à ton *boss*. Tu es trop gentille, c'est ça, ton problème.

— Je… Euh… je sais que je devrais être plus ferme. S'il me vire, je fais quoi ? me demande-t-elle, sérieusement inquiète.

— Ben tu trouves un autre boulot où l'on reconnaîtra ton investissement et tes qualités. Et si tu ne trouves pas de suite, tu auras droit à ton chômage puisqu'il t'aura virée. En plus, il te doit deux ans de congés payés et de RTT non pris. Tu auras de quoi voir venir, la rassurai-je.

— Tu as raison, je suis un *marshmallow* ! On peut m'écraser ou me tordre, je reprends toujours ma forme initiale et je reste malléable, lança-t-elle en grimaçant.

Je ne sais pas comment elle fait pour tordre sa bouche de cette façon. Je devrais en faire un cliché, juste pour la postérité.

— J'adore les *marshmallows* ! dis-je en la prenant dans mes bras. Et si on se matait *Rocky*, histoire de te donner la rage du tigre ? repris-je.

Tout en rigolant et en poussant des « ADRIAAAANE !», nous prenons place sur le canapé et lançons le film.

Après presque deux heures de sueur et de sang, il est grand temps de dormir. Je suis crevé et elle aussi. Cela se voit. Elle bâille depuis vingt bonnes minutes. On éteint la télévision et on se souhaite de beaux rêves. Elle file vers sa chambre et je lui lance comme un dernier *round* : « N'épuise pas trop Morphée, coquine ! » Elle se retourne et rit à nouveau, puis m’envoie un baiser volant.

Bonne nuit, ma Suzy !

CHAPITRE 2

Suzy

Aujourd'hui, c'est mon anniversaire. C'est dingue ! Quand on est enfant, on attend cette date toute l'année. On réfléchit à qui on invitera ou pas. Quels jeux et surprises nos parents ont préparés pour les invités ? Mais surtout, si on aura un beau cadeau ou plusieurs, qui sait ? Pour ma part, c'est toujours Ambra, la mère de Manu, qui organisait mon anniv. Elle invitait des amis, préparait un magnifique gâteau et m'offrait toujours un petit quelque chose, rien d'extravagant. Il y a quelques années, elle m'a offert une gourmette pour mes seize ans. Elle est fine, en argent. En son centre, deux petites ailes d’ange en *strass* sont attachées à la chaîne. Malgré les brillants, elle reste très élégante et discrète. J'ai d'abord refusé, mais elle a insisté en disant qu'il s'agissait d'une tradition familiale. On a pleuré. Puis, elle m'a prise dans ses bras. Je crois que c'est l'une des seules fois où je me suis sentie à ma place, sereine et apaisée. Je porte toujours cette gourmette. Je ne l'ôte jamais. Depuis qu'elle nous a quittés, ce jour me semble avoir perdu de son attrait. Manu et moi en avons beaucoup souffert. Ma mère de substitution me manquera toujours. Je crois que le cœur de Manu s'est brisé quand nous lui avons dit adieu. Elle a lutté contre cette foutue maladie durant une année, passant de chimio en radiothérapie, sans succès. C'était son deuxième cancer. Lors du premier, elle n'avait rien dit ni rien laissé paraître. C'était une grande actrice : belle, simple et émouvante à la Lauren Bacall. Originaire d'Italie, elle était généreuse, douce et ne supportait pas de nous voir tristes. Elle nous a caché son premier cancer pour nous protéger. Mais le second, plus agressif, était plus dur à dissimuler.

Je n'ai pas le cœur à la fête mais j'ai décidé de ne plus me laisser faire. Je vais prendre ma vie, mes désirs et le reste en mains. Mon avenir m'appartient et il faut que j'arrête de subir. Je le lui dois, elle a tant fait pour moi !

Thomas, Sarah, attention, j'arrive et je suis remontée ! Je file sous la douche, passe un peignoir et demande à un Manu déjà réveillé de me conseiller pour ma tenue. Hier soir, il s'est montré convaincant. Ce matin, il continue de m'encourager à me battre pour faire cette présentation. Il regarde ma penderie d'un air déçu.

— Tu n'as rien de… disons plus *sexy* et moins mémérisant ?! me dit-il avec un regard de chien battu.

— À vrai dire, non ! réponds-je avec honnêteté.

Par dépit, il se rabat sur un pantalon noir à pinces et un chemisier blanc. Cette tenue est simple, efficace, comme moi. Pendant que je m'habille, Manu fait le café et dévore les biscuits choco-vanille que j'ai faits ce *week-end.* Un ravalement de façade plus tard, nous dégustons notre breuvage en silence, ce qui est une première. Je suis angoissée et Manu le sent. Il ne me lâche pas du regard. Il compte sur moi. Et moi, j'ai franchement la trouille. Ne pas flancher, ne pas flancher… Cette phrase sera mon *mantra* pour la journée.

Sur le chemin du travail, on est bras dessus, bras dessous. Pour me distraire, Manu me parle des émissions de télé-réalité dont nous nous moquons allégrement. Je ris un peu difficilement au début, mais il m'a vraiment détendue. Devant l'immeuble de mon bureau, je l'embrasse affectueusement sur la joue.

— Il y a des hôtels pour ça ! lance Aurélie, qui arrive sur nous.

— Bonjour à toi aussi, la gardienne de la bienséance ! rétorqué-je du tac au tac, le sourire aux lèvres.

— Bon, mes *fans*, je dois vous laisser. J'ai à faire avant ce soir, dit Manu avec un regard en coin à Aurélie.

Que me préparent ces deux-là ? Je ne m'attends à rien pour mon anniversaire, d'ordinaire. Mais ce regard est suspect. Ce n'est pas habituel. Il ajoute rapidement : « Je viens te chercher à dix-huit heures trente, que tu aies le temps de te changer. » Il se retourne et part comme si de rien n'était.

Je lance alors à Aurélie mon regard suspicieux qui signifie : « Dis-moi tout ! Ou tu devras t'attendre à la pire séance de torture que tu n'aies jamais eue ! » Je précise que je suis très imaginative en sévices amicaux. Mouah ah ah ! Vous entendez le rire de sorcière dans les dessins animés ? Je pense dans l'immédiat à une séance de chatouilles interminable. Aurélie y est très sensible et Tristan l'a appris à ses dépens.

Partant d'une envie de pimenter leur relation, il avait organisé un petit dîner romantique, en prévision de la suite. Et la suite ne s'est pas déroulée comme il l'avait prévu. Il lui a bandé les yeux et l'a déshabillée lentement. Puis, il a pris une plume, un ami proche lui ayant raconté que ça avait mis sa copine dans un état second. Or, quand il a commencé à caresser Aurélie avec, elle est partie en fou rire, se tortillant dans tous les sens. Le charme de la soirée était rompu et mon amie a dû trouver un moyen de se faire pardonner à base de tenue d'infirmière, de traitements très particuliers et de baumes érotiques.

Elle hausse les épaules sans répondre à ma question silencieuse. J'enrage un peu intérieurement. Ce n'est pas plus mal, j'ai besoin de cette énergie pour affronter enfin ma situation professionnelle et tenter de changer les choses. Aurélie descend à la comptabilité me laissant seule dans l'ascenseur. Je suis moins confiante sur mes chances de réussite qu'il y a à peine cinq minutes. Ne pas flancher, ne pas flancher…

Quand j'arrive à mon étage et que les portes s'ouvrent, Thomas est déjà présent. Sarah nous rejoindra, comme d'habitude, sur les coups de dix heures trente. La pauvre ne peut pas venir plus tôt, il faut du temps pour être magnifique, ce sont ses mots. Quand je vous dis que c'est une garce !

Pour une fois, sa ponctualité approximative m'arrange. Je pourrai parler plus aisément avec Thomas. Il faut que je me lance, sinon, dans peu de temps, je n'aurai plus le courage. Je me connais. Je me dégonfle comme un ballon de baudruche qui aurait un minuscule trou : doucement au départ, puis très rapidement.

— Bonjour, Thomas. Pourrions-nous nous entretenir un instant, s'il vous plaît ? dis-je, un peu hésitante, en entrant dans son bureau.

— Bien sûr, Suzy. Avons-nous un problème avec le dossier Talion ? s'enquit-il alors que je referme la porte.

Je me retourne pour lui faire face. Il est vraiment beau et ce charme… Il faut que je reste focalisée. Je regarde mes pieds. Puis, après une profonde inspiration, je me jette à l'eau.

— En fait, le dossier est prêt. Cependant, je pense… Enfin, je veux dire… il me semble que c'est à moi de faire cette présentation. Et, non à Sarah, qui ne l'a pas traitée. Je connais très bien le dossier, le client et ses attentes, bredouillai-je, peu sûre de moi.

Thomas me regarde, concentré. Il ne semble pas surpris par ma demande.

— Je suis ravi que vous fassiez enfin cette démarche, Suzy. J'avoue que je me demandais combien de temps encore vous alliez attendre.

Devant mon air perplexe, il continue.

— Je dois vous dire que vous êtes précieuse à ce service. Et si je ne vous ai pas encore envoyée en présentation clientèle, c'est parce que je ne vous sentais pas prête. Vous ne trouviez déjà pas la force de me tenir tête. Alors, il me semblait irresponsable de ma part de vous envoyer vers des clients bien plus durs que moi.

J'en tombe des nues. Il essaie de me protéger, de me préserver. Je ne m'attendais pas à ça ! Je veux dire que j'avais pensé à une réponse comme « Vous êtes virée ! » ou « Je ne crois pas que nous puissions continuer ensemble. » Il y a de quoi rester silencieuse et réfléchir sur ce que je dois répondre. Devant mon mutisme persistant, il ajoute : « Je souhaite vous proposer de venir avec Sarah et moi, cet après-midi, et d'observer sa façon de faire. Nous reproduirons ce dispositif jusqu'à ce que vous soyez apte à prendre sa place. Elle vous aidera jusqu'à ce que je vous sente armée pour être en solo. Cela vous convient-il ?

— Bien sûr ! J'en serai ravie, m'empressai-je de répondre avec un énorme sourire.

Au comble de la joie, je quitte le bureau de Thomas, me place devant mon ordinateur et souris bêtement à mon écran en relisant le dossier Talion pour la centième fois. Je ne remarque même pas l'arrivée de Princesse Sarah. Alors, quand elle me demande son *briefing* sur le dossier, je le fais avec un énorme sourire au point qu'elle me demande si j'ai bu une potion magique, ce matin. Je réponds à sa pique en haussant les épaules. Je veux voir sa tête quand Thomas va lui annoncer notre accord.

Au déjeuner, je rejoins Aurélie et lui raconte en détail toute mon entrevue. Elle paraît distraite, alors je l'interroge pour savoir ce qui la met dans un tel état. Elle me répond, mal à l'aise, qu'elle s'est disputée avec Tristan. Elle ne me donne pas plus de précisions et change clairement de sujet. Elle se paie ma tête ! Il y a autre chose. D'ordinaire, elle adore me dire ce qui ne va pas avec son homme. Je lui conseille toujours d'y aller doucement. Un Tristan, cela ne court pas les rues ! Je le sais bien, j'ai un don pour tomber sur les *losers*. Qu'est-ce qu'elle essaie de me cacher ?

— Il est treize heures quarante-cinq, tu ne devrais pas y allez ? Thomas te donne ta chance et tu vas le faire attendre ! lance Aurélie.

Zut ! Elle a raison. Je n'ai pas le temps de lui extorquer des aveux, il faut que je file. J'arrive juste avant le départ pour la réunion chez notre client. Je ne l'ai jamais rencontré. On dit de lui que c'est un homme difficile en affaires mais juste avec ses collaborateurs. Pour moi, ce sont de grandes qualités et j'estime les personnes qui arrivent à allier les deux. Thomas entre dans notre *open space* et annonce à Sarah que nous venons tous les deux afin de l'observer. Elle n'est pas ravie et fronce les sourcils autant qu'elle peut le faire. Ils semblent figés comme les fausses moustaches que l'on se colle à carnaval. Pour désamorcer la situation, il ajoute qu'il souhaite que j'apprenne d'elle. À cet instant précis, elle sourit, sûre d'elle, et me toise. Quelle garce ! Comment fait-elle pour me gâcher ce moment ? Du coup, je reste silencieuse tout le trajet, ruminant les mots et événements de ce début d'après-midi. Que la journée va me sembler longue sous le regard rempli de fierté de Princesse Sarah !

Arrivés sur place, Thomas me rappelle que nous sommes là en qualité d'observateurs. Nous ne devons pas intervenir dans la présentation de Sarah. C'est elle qui mènera la discussion. J'évite de la regarder quand il me dit cela. Cependant, je sais qu'elle arbore son sourire plein de suffisance.

Soudain, elle interrompt Thomas :

— Bonjour, monsieur Durray. Ravie de vous revoir.

— Bonjour à vous aussi, madame Dillon, monsieur Roemer. Et vous êtes ? dit-il en me regardant droit dans les yeux.

C'est un homme dans la trentaine. Je dirais qu'il ressemble à Patrick Dempsey, le docteur Mamour. Vous connaissez forcément le docteur Mamour ! Qui ne sait pas qui est le docteur Mamour ? Un charme incroyable émane de lui. Un mélange de distinction naturelle, de puissance. Il a deux fossettes quand il sourit. Et, il me sourit ? Oui, à moi. Il est fin, blond avec des bouclettes, de jolis yeux bleus et un menton franc et décidé. C'est une bombe atomique, cet homme !

— Suzy… Suzy Bright, bégayé-je.

Je connais mon nom. J'en suis sûre, enfin, presque. Et quand il me le demande, je bafouille. Je suis irrécupérable ! Il tend sa main vers moi, je la saisis.

— Enchanté de vous rencontrer, madame Bright, Suzy Bright, me dit-il en me regardant droit dans les yeux.

Cet homme est profondément déstabilisant.

— Moi aussi, réponds-je avec un peu de timidité mais aussi beaucoup de plaisir. Il n'a serré la main qu'à moi.

Alors que nous nous dirigeons vers l'accueil pour nous faire faire des badges d'accès, j'aperçois une employée, les larmes aux yeux, qui semble chercher quelque chose dans son sac. L'hôtesse s'occupe de Sarah en premier. D'instinct, je m'approche d'elle. Je lui offre le paquet de mouchoirs en papier que j'ai toujours sur moi. Elle me regarde, un peu surprise, me remercie en reniflant. Et je retourne dans la file sans que personne s'en aperçoive. Enfin, c'est ce que je pensais.

Quand je reprends ma place, je surprends monsieur Durray qui me scrute. Puis, il se dirige vers la personne à qui j'ai donné mes mouchoirs. Je regarde mes pieds. Thomas ne va pas apprécier ! Il lui parle et elle semble un peu soulagée. Je la vois même se blottir dans ses bras. Il a l'air un peu surpris mais il l'enlace et elle s'éloigne en séchant au mieux ses larmes. Je me demande bien ce qui l'a mise dans un tel état !

En revenant, il me fixe si intensément que je me sens rougir et regarde à nouveau mes pieds. On se dirige vers la salle de réunion. À l'intérieur, on se met tous trois face à notre client. Sarah prend place avec, de chaque côté, l'un de nous. C'est une commerciale au sens propre du terme. Elle sait vendre. Je ne l'ai jamais vue à l'œuvre. Néanmoins, je me suis toujours demandé comment elle se débrouillait devant les clients. Au bureau, elle ressemble à une peste hargneuse, mais je ne pense pas qu'elle fasse de même avec eux. Cela ne passerait pas. Elle branche son ordinateur portable au projecteur. Que le spectacle commence ! La demande de départ est simple : face au *turnover* de son service tests informatiques, le client envisage d'externaliser cette tâche. J'aurais pu pondre un projet de reprise pur et simple. Mais je sais qu'il aime les solutions avant-gardistes qui préservent l'emploi. Elle lance mon PowerPoint.

— Monsieur Durray, soyez certain que nous comprenons votre problématique et qu'elle existe chez beaucoup de clients. Nous avons la solution idéale. Externaliser votre service tests aurait de fâcheuses conséquences pour votre société : perte de compétences en raison du licenciement du peu de salariés restant, démotivation des autres employés voyant leurs collègues remerciés ou non remplacés, baisse de votre productivité et dommages sur votre réputation professionnelle. La solution que je souhaite vous faire est une proposition, que dis-je, un engagement à améliorer sensiblement la situation tout en préservant à la fois votre société mais aussi vos salariés, commence Sarah.

Le client lève un peu le sourcil. Elle a piqué sa curiosité, il veut clairement en savoir plus.

— Ce que je vous suggère s'apparente à un accompagnement. Je m'explique. Le service de tests est composé de cinq personnes, aujourd'hui. Le problème est qu'aucun parmi eux ne connaît suffisamment votre système car ils sont *juniors* sur leur poste, tous vos sachants étant partis à la retraite, argumente-t-elle.

— Vous savez beaucoup de choses sur mon entreprise, madame Dillon. Dois-je m'inquiéter de taupes au sein de mon personnel ? la coupa le client.

Je veux voir comment elle va répondre à ça. En fait, elle ne répond pas et semble perdue.

— Ces informations sont disponibles sur *internet,* pour la plupart, le reste s'obtient par déduction à partir de la pyramide des âges de votre compagnie, balbutiai-je, toujours en regardant mes mains.

Sarah et Thomas me dévisagent comme si j'étais une extraterrestre. Je ne sais absolument pas si j'ai raison ou pas d'intervenir. Mais il nous faut ce contrat. Si on l'obtient, on aura signé un véritable partenariat avec Talion. Sarah reprend son argumentaire comme si de rien n'était, elle ne veut pas me laisser avoir le dessus ou la parole. Son regard se durcit dès qu'elle le pose sur moi. Le client nous regarde tour à tour. J'espère qu'il ne se rend pas compte de l'animosité qu'il y a entre nous !

— Ainsi, je disais… ce qu'il vous faut, c'est mettre en place un programme de remise à niveau que ce soit de l'équipe — en passant par un recrutement d'au moins dix à quinze personnes afin d'absorber le flux — ou du *management* en passant par une mobilité d'un employé expérimenté qui sera formé par nous au métier de *manager*. Nous ne nous arrêtons pas là : nous vous proposons de remettre à plat les *processus*, l'organisation du service, et nous souhaitons mettre en place un outil de partage des connaissances afin de les pérenniser et de montrer aux salariés que l'on investit sur eux, leur savoir et leur devenir. Vous trouverez tous les détails dans les *slides** suivants que vous pourrez étudier à votre guise, affirma-t-elle.

Elle fait une pause de quelques secondes pour vérifier l'effet de son discours sur monsieur Durray. Il se frotte le menton, signe de réflexion. À vrai dire, je pense que cette solution lui plaît, l'idée de conserver ses salariés est en accord avec les valeurs de son entreprise. Cependant, il y a un coût. En *businessman*, il sait déjà lequel. Néanmoins, il souhaite qu'elle le dise.

— Je suppose que le budget n'est pas le même ?! assène-t-il avec un air suspicieux spécial homme d'affaires.

— En effet, mais, sur le long terme, cela est plus rentable. Comme vous pouvez le voir, nous avons effectué une simulation page 9 avec une présélection de recrutement de personnes spécialisées en tests qui ont au moins une expérience significative dans votre domaine d'activité. Cela afin de limiter le temps d'adaptation et de reprise de compétences. À cinq ans, notre solution est la plus économique et elle sera complètement opérationnelle en moins d'une année, récite-t-elle triomphalement.

* pages d'un document projetable

Elle pense que l'affaire est gagnée. Même si cette proposition le séduit, il veut en savoir plus.

— Qu'appelez-vous une expérience significative ? Les personnes de cette sélection sont-elles disponibles de suite ? Comment identifier le *manager* dont vous parliez ? la questionne-t-il.

Encore une fois, elle semble désarçonnée par sa question. Cette fois, Sarah et Thomas se tournent vers moi. Un peu gênée, je lève la tête en sentant les regards appuyés de mes collègues. Je prends une profonde inspiration, ancre mon regard dans celui de mon client et me lance :

— La sélection ne comprend que des personnes avec au moins cinq années en tant que testeurs dont au moins deux dans votre secteur. De plus, toute et je dis bien toute la liste est pré-réservée pour vous, c'est-à-dire disponibles de suite ou dans un délai de quinze jours calendaires. Pour le choix de l'expert, nous sommes à votre disposition pour vous aider, même si je pense que vous avez déjà une petite idée de la personne qui conviendrait le mieux à cette place, dis-je avec un petit sourire au coin des lèvres, une toute nouvelle assurance en moi.

Le client prend une expression rieuse et ne lâche plus mon regard. C'est comme un défi : qui de nous deux abandonnera en premier ?

Je sais que ce sera moi. Je baisse à nouveau les yeux. Il demande à nous revoir tous les trois dans un peu plus d'une semaine. Il nous explique avoir un voyage personnel à mener avant.

— Je compte sur votre présence, *Miss* Bright, et sur votre esprit vif, dit-il, un peu taquin.

Je crois que Sarah va exploser de colère. Elle a les yeux grands ouverts et les lèvres si serrées qu'elles en sont pâles malgré son rouge à lèvres criard. En sortant de la présentation, je suis fière de moi et en même temps, je redoute la colère de Thomas et de Sarah. Le retour se fait dans le plus grand silence. Thomas nous invite à passer dans son bureau pour un débrief. Ouh la la, je n'aime pas ça ! Ça va être ma fête ! On est toutes les deux assises face à lui, tranquillement posé derrière son bureau. Et là, tout de suite, je voudrais être toute petite ou transparente. Puis, il nous félicite pour la présentation qu'il dit être une réussite. Il pense monsieur Durray conquis par notre duo et se félicite de cette idée. J'ai l'impression qu'on n'a pas vécu la même après-midi. Pour moi, il était fermé, mais l'idée l'intéresse. Je suis aussi restée perplexe face aux blancs de Sarah et j'ai peur que mes réponses aient déstabilisé le client.

Je ne dis rien. Je suis novice par rapport à lui et il doit mieux savoir que moi. Après tout, c'est mon chef. En sortant de son bureau, Sarah est mi-figue, mi-raisin. Je sais que, d'un côté, elle m'en veut d'avoir attiré l'attention de monsieur Durray et, d'un autre, elle est fière d'avoir quasiment gagné ce contrat. On verra lors de la deuxième entrevue. Thomas souhaite que je prépare Sarah sur le second dossier, avant de partir en *week-end*, pour la semaine prochaine. Et que je me repose, a-t-il dit, pour être en forme pour le reste de ce qui nous attend. Je dois dire que cela me surprend de sa part. Il m'a toujours confié plus de dossiers le vendredi pour la semaine suivante. Là, c'est fou, je n'ai quasi rien. Au plus, j'en ai pour une heure de travail. Je n'ai rien osé dire, trop sur mon nuage après les compliments. Puis, zut ! Je mérite bien d'en faire moins pour une fois !

Je commence à croire que mon anniversaire me porte chance.

Manu

Dix-huit heures trente, je retrouve une Suzy tout sourire. Que j'aime quand elle sourit ! Mais j'ai bien peur que ça ne dure pas. Direction son appart. Sur le chemin, elle me dit qu'elle a plein de choses à me raconter et qu'elle fera tout ça lors du dîner avec nos amis.

Arrivés chez elle, elle file vers sa chambre pour se déshabiller et se doucher. Je la suis, un peu inquiet. Elle voit enfin le paquet sur son lit et se retourne vers moi, l'œil interrogateur.

— Surprise ! dis-je, tout penaud.

Un énorme sourire apparaît sur son visage.

— Je sais que c'est loin de ton style habituel. Mais c'est ton anniversaire et je me suis dit que ce serait une bonne idée de changer un peu, ce matin, en voyant ta penderie, ajouté-je en glissant mes mains dans mes poches.

Elle défait le nœud, ouvre le paquet et en sort la robe noire que j'ai choisie avec l'aide de Rebecca, une amie, mais pas seulement… En se basant sur les photos de Suzy que je lui ai transmises, elle me l'a conseillée. C'est une robe portefeuille très décolletée. Le genre de truc qui amuse un mec qui déshabille sa nana, c'est comme un paquet cadeau. Selon Becca, elle fait une jolie poitrine et met la taille en valeur. Suzy me saute dans les bras et m'embrasse sur la joue en disant que je suis son héros, son Orlando pour la soirée. Je crois que ce truc à propos de l'autre blondinet va me rester !

Quand elle sort de sa chambre habillée et maquillée, la Bestiole et moi restons sans voix. Je ne l'ai jamais vue aussi jolie. Maintenant, je sais que j'ai bien fait. Ce soir, Suzy m'en voudra sûrement puis, en se voyant après, elle comprendra. C'est regonflés que l'on rejoint nos amis dans un *pub* irlandais où l'on a nos habitudes. Il est simple, rustique et l'ambiance y est juste démentielle. On retrouve Aurél et Tristan, ainsi que Jules et Vivien un couple de potes *gays*. Ils sont trop adorables ! Depuis leur mariage, ils réfléchissent à l'adoption. Je leur souhaite d'aboutir, ils feront des parents géniaux. On dîne et tous complimentent Suzy pour sa tenue. Elle nous raconte sa journée ponctuée de rires en faisant de grands gestes avec les mains comme une Italienne qu'elle n'est pas. Après le plat et avant le gâteau, nous descendons nous déhancher sur la petite piste installée en sous-sol. Nous nous trémoussons tous et Suzy bouge comme si sa vie en dépendait, concentrée sur le rythme de la mélodie. Elle semble dans son monde, elle danse pour elle. Je me tourne vers le bar, repère Rebecca, prête à intervenir. Une heure se passe, puis la musique se coupe. Le DJ annonce que ce soir, nous fêtons l'anniversaire de Suzy, puis un énorme gâteau fait son entrée avec des bougies et des sortes de feu d'artifice. Je ne sais pas comment cela s'appelle, mais ça projette de la lumière. Il arrive à notre hauteur et nous l'applaudissons quand elle les souffle. Dieu, qu'elle est rayonnante !

Le moment tant redouté est arrivé. Rebecca se dirige vers nous et nous nous retournons comme si notre regard était aimanté. Il faut dire qu'elle ne passe pas inaperçue sur ses talons aiguilles rouges avec sa robe moulante noire *sexy* mais pas provocante, d'une classe et d'une élégance folles. Elle rejoint notre table en posant sa main sur mon épaule signe que l'on se connaît. Je vois le visage de Suzy se décomposer d'un coup. Elle est perdue et cherche des réponses dans mes yeux.

— Je te présente Rebecca, une amie et ton cadeau ! sors-je rapidement comme pour me libérer.

Je vois à ses yeux qu'elle ne comprend rien à ce que je dis.

— Mon amie est *coach* de vie. Nous t'offrons un *relooking* complet avec *coaching* comportemental, énonçai-je.

Je me suis répété cette phrase des dizaines de fois. En regardant les yeux de Suzy, je sais que je m'y suis mal pris.

— Je… Nous ? Tu veux dire que c'est votre idée à vous cinq ? m'interroge-t-elle avec dans ses yeux un je ne sais quoi. Je ne sais pas si elle va exploser de colère ou de rire.

— Tout est arrangé. Tu es en congés la semaine prochaine. La société devait t'imposer quinze jours de vacances. J'ai négocié avec Thomas pour réduire à une semaine maintenant et une autre plus tard, lance Aurélie.

Soudain, Suzy part en marchant rapidement. Merde, elle se sauve ! Je la rattrape dans la rue, la retourne en l'attrapant par le bras. Putain, pas ça ! Pleure pas !

— Suzy, ne fuis pas, s'il te plaît !

— Vous me trouvez si nulle et moche que ça que vous trouvez une espèce de grande blonde pour me rendre présentable ! Fallait me le dire ! Mais pas ça, pas m'afficher comme ça ! Merde, Manu !

Je déteste la voir pleurer mais à quoi je m'attendais. Faut que je m'explique, on ne peut pas rester comme ça.

— Tu ne comprends pas. Nous, on voit la beauté qu'il y a en toi. Mais toi, tu ne la vois pas, tu te caches dans tes vêtements, ton boulot, ta vie. On t'aime, on veut juste que tu te voies enfin comme on te voit. Belle, joyeuse, pétillante, intelligente, drôle et… Putain, Suzy, tu es belle ! déclaré-je comme si mon cœur avait besoin de le dire.

Elle ôte son bras du mien, me regardant droit dans les yeux avec non pas de la colère mais une certaine lassitude.

— Je vais prendre un taxi. Ne compte pas sur mon canapé ce soir. Je préfère être seule. Retourne avec eux et avec ton amie, réplique Suzy.

Elle disparaît au bout de la rue et je reste là…

CHAPITRE 3

Le lendemain…

Suzy

Je me lève après une nuit chaotique. J'ai commencé par pleurer à la fois de colère et de tristesse, dans le taxi. Je me suis sentie pitoyable. À qui offre-t-on ce genre de cadeau ? Une fois chez moi, je me suis empressée d'enlever la robe que Manu m'a offerte. Je l'ai balancée de l'autre côté de la chambre, tout comme le paquet cadeau. Je me suis couchée avec la Bestiole. Puis, vers quatre heures du matin, après un réveil en sueur à cause de mes cauchemars, je me suis enveloppée dans ma couette pour finir dans le canapé. Les coussins du salon sont empreints de l'odeur de Manu, je m'y suis plongée, ce qui a toujours pour effet de me rassurer. Même quand je suis en colère après lui, il reste mon seul repère, ma seule famille. Je me suis rendormie pour ne sortir du sommeil que maintenant. Je sais que je dois avoir des messages de mon meilleur ami sur mon portable mais je n'ai pas envie de lui parler. Je me traîne jusqu'à la salle de bains. Puis, pour la première fois depuis longtemps, je me regarde. Je me regarde vraiment. Cela me saute aux yeux. Manu a raison. Je ne m'aime pas. Je n'aime ni mon physique ni ma façon de penser. J'ai trop de formes que je cache sous des vêtements trop larges, trop sages et ternes. Pourtant, j'adore m'amuser et rire, mais rien ne transparaît en dehors de mon cercle d'amis. Je suis sortie de ma contemplation par la sonnette de la porte d'entrée. Qui sonne ? Personne ne sonne chez moi. Mes amis toquent et Manu a la clef.

Quand j'ouvre la porte, je découvre la blonde de Manu toute pomponnée. Elle porte un *jean* clair avec un chemisier couture blanc, des escarpins hauts et son énorme sac en cuir. Pourquoi son sac est si gros ? Franchement, elle balade sa maison ? Je me demande ce qu'elle doit penser de moi avec mon *tee-shirt* XXL qui me sert de chemise de nuit et mes yeux de panda. Je ne ressemble à rien alors qu'elle est magnifique à dix heures du matin.

— Puis-je vous parler, s'il vous plaît ? me demande-t-elle.

Elle est sérieuse là ? Je crois que ma tête reflète mes pensées parce qu'elle reprend : « Bien, je vous demande dix minutes de votre temps pour écouter ce que j'ai à vous dire. Si je ne vous ai pas convaincue, alors je sortirai de chez vous et rembourserai vos amis. »

J'ouvre la porte. Je peux au moins écouter ce qu'elle a à dire. Ça ne coûte rien.

— Cela ne vous dérange pas si je prends mon petit déjeuner en vous écoutant ? lui rétorqué-je.

— À vrai dire, je ne suis pas contre quelque chose moi-même et je dois avouer que je meurs d'envie de goûter à vos fameux biscuits, même si j'ai déjà petit-déjeuné.

Non, mais elle a du culot, celle-là ! Elle débarque soi-disant pour me parler et pense qu'on va bruncher ensemble ! C'est cet instant que ma Bestiole choisit pour se frotter à ses chevilles. Elle le prend dans ses bras et il ronronne fort. Lui aussi me trahit ! Devant tant de désertion, je lui propose un café ou un thé. Elle choisit le café, heureusement. Je n'ai pas de thé. Je dispose la moitié de la boîte de biscuits que j'ai sauvée des griffes de Manu, le gourmand !

— Je comprends ta colère. Tu t'es sentie vexée et c'est normal. Mais tes amis pensaient à ton bien. Ils te voient avec leurs yeux et souhaitent que tu te trouves enfin belle. On peut se tutoyer, si on partage un petit déjeuner ? Et je sais ce que tu te penses de moi : que je suis une espèce de bombe sans cervelle.

Là, elle n'a pas tort. C'est à peu près ça.

— J'ai bien été mannequin et c'est ainsi que les gens nous imaginent. Je ne dis pas que certaines ne sont pas frivoles. Mais il ne faut pas faire de généralité. J'ai passé un doctorat de psychologie en même temps que je menais ma carrière. On sait toutes qu'elle s'arrêtera vite. Je suis devenue *coach* de vie parce que j'aime profondément l'humain et passer du temps à aider ceux que je peux.

— C'est bien joli, tout ça, mais je ne suis pas sûre de vouloir de ton aide, réponds-je.

— Hum… ils déchirent, tes gâteaux ! Manu en parle tout le temps, mais faut vraiment les goûter ! Ils sont trop bons ! Pardon, je t'ai coupée.

— Merci pour le compliment. Mais, pourquoi devrais-je faire ce *relooking* ?

— Je préfère parler de *coaching*, c'est mieux car je ne m'occupe pas seulement de changer l'apparence de mes clients. Nous travaillons ensemble sur leur perception d'eux même. Et si tu le fais, ne le fais pas pour tes amis. Fais-le pour toi et uniquement toi ! Mes dix minutes sont largement écoulées, je te laisse réfléchir. Si tu acceptes, il te suffira de m'ouvrir la porte lundi matin à neuf heures quand je viendrai sonner. Sinon, je saurai que tu as renoncé à découvrir qui tu peux être.

Touché, coulé ! Elle sort comme une brise, sans bruit, en laissant une sensation de frais. Je vais le faire pour moi. Je ne sais pas ce que ça donnera. Cependant, je veux essayer. Le samedi se passe sans visite. Ce serait mal connaître mes amis que de croire qu'ils abandonneraient si facilement leur *brunch* hebdomadaire. Le dimanche, à onze heures, on toque à ma porte avant qu'elle ne s'ouvre sur la bande, les bras remplis de vivres. Ils savent que, pour se faire pardonner, mieux vaut venir avec des *pancakes*, *cookies* et autres cochonneries. Et ils se sont doutés que je n'étais pas d'humeur à leur faire la popote. Pendant que Jules et Vivien font le café, Aurél et Tristan installent la table. Je ne peux pas leur en vouloir longtemps, ils ne pensaient qu'à moi et à mon bonheur. Ils sont à la fois mes amis, ma famille. Manu reste un peu à l'écart, les mains dans les poches, comme un enfant qui a fait une grosse bêtise.

Jules me prend dans ses bras en me demandant si j'ai des nouvelles. Il n'a pas besoin de préciser qu'il parle de mes parents. Mes amis m'ont encouragée, il y a deux ans, à leur envoyer un courrier avec mon adresse et mon numéro. Ils pensaient qu'ils me contacteraient. Je dois avouer que j'y avais placé un peu d'espoir. Celui de voir naître une relation entre nous, même ténue. Mais ils ne m'ont jamais fait signe. Je le serre à nouveau dans mes bras.

— C'est pour ça que tu seras un père extraordinaire ! Tu es profondément bon et tu crois encore en l'être humain, lui soufflé-je à l'oreille.

Il me désigne Manu du menton et ajoute : « Tu sais, il y en a un qui s'en veut et qui a besoin d'être réconforté. » Je n'ai pas le cœur à le torturer. Ils ont tous évité le sujet *coaching,* mais il est temps de les rassurer. Je m'avance vers lui et le prends dans mes bras. Il me sourit timidement. Je comprends qu'il a besoin de plus. Naturellement, je l'embrasse sur la joue en lui disant que je ne suis plus fâchée et que ce *relooking* va lui coûter affreusement cher car je ne compte pas me priver. Il rit, je respire de nouveau. Sans m'en rendre compte, je retenais ma respiration. Je me sens mieux. Ma vie peut bien changer, je les ai eux !

Jour 1 « C'est le jour un, celui qu'on retient, celui qui s'efface quand tu me remplaces. Quand tu me retiens, c'est celui qui revient… »

Neuf heures tapantes, Rebecca sonne à ma porte. Je l'invite à entrer. Mon angoisse grandit au fur et à mesure qu'elle s'avance dans mon appartement. Qu'est-ce qui m'attend ? Des images de Cristina Cordula me reviennent en tête ainsi que son nom moins célèbre « MAGNIFYQUE ». J'ai peur de devoir faire face au miroir mais je ne peux plus reculer ou fuir, comme dit Manu.

— Ne panique pas, me rassure Rebecca. On va commencer par apprendre à se connaître et voir ce que l'on garde dans ta penderie, ce matin. Je ne peux pas savoir ce qui te conviendra le mieux si on ne discute pas un peu. Je dois en découvrir plus sur toi.

— Comment procède-t-on ? demandé-je.

— On va commencer par un café, des gâteaux et les sujets viendront simplement. Je m'explique : tout en dégustant tes délices, je vais te poser des questions auxquelles tu apporteras des réponses. En contrepartie, la réciproque est normale. Je répondrai à tes interrogations. C'est donnant-donnant, comme dans toutes relations de confiance.

— Si je comprends bien ce que tu es en train de me dire, tu vas encore te faire offrir le petit déjeuner ! ironisé-je.

Sourire aux lèvres et plus détendues, nous nous installons au salon, café à la main. Il ne me reste que quelques pâtisseries d'hier.

— Comment définirais-tu ton style actuel ? me questionne Rebecca.

— Je ne suis pas du genre escarpin, tailleur haute couture et tralala. Je dirais que mon style est confortable. Mon but est d'être à l'aise plus que de plaire. Après tout, on juge une personne sur ce qu'elle est, pas sur ce qu'elle représente. Enfin, c'est ce que je me dis à défaut de savoir-faire mieux, pour être honnête. Comment as-tu connu Manu ? demandé-je alors.

— Oh, tu sais, le truc classique mannequin-photographe. On est sortis quelquefois ensemble. Mais son esprit et son cœur étaient déjà à une autre, répond-elle.

— Ce sont les mecs ! Ils sont très volatiles ! Cela est, bizarrement, plus accepté pour un homme que pour une femme. On dit d'un de ces hommes que c'est un homme à femmes. À l'inverse, on dit d'une de ces femmes que c'est une femme facile.

— Je ne crois pas que Manu soit ce genre de personne. Je pense qu'il a peur de s'engager et de perdre ce qu'il a, me confie-t-elle.

Ces mots sonnent vrai. Manu protège son cœur. Il a peur de souffrir. Il ne voit pas que ces filles avec qui il sort attendent de lui plus qu'un *flirt*.

— Comment en es-tu venue à ce style, disons, classique ?

— Je n'ai pas eu de modèle féminin. Ma mère était absente de ma vie et même si elle a été présente un moment, je ne voulais en rien lui ressembler. J'ai fait comme j'ai pu. Je me suis dit que le meilleur moyen de ne pas me tromper était de prendre des vêtements passe-partout. Ils devaient de préférence cacher les formes de l'adolescence. Je suppose que tu n'as pas eu de problème de ce côté-là, toi ? la questionné-je.

— Pas tout à fait les mêmes. Cependant, j'ai toujours été grande, bien plus que mes camarades. Cela ne s'est pas arrangé à l'adolescence. Je les dépassais d'au moins une à deux têtes. Ils m'ont surnommée la girafe et les moqueries étaient quotidiennes. Mais, contrairement à toi, j'ai pu compter sur le soutien sans faille de ma mère. Elle me disait que je ne pouvais rien y changer alors autant en faire une force. Ce qui m'a donné l'idée d'envoyer un cliché de moi à une agence de mannequins qui recrutait sur concours. J'ai gagné. Avec l'arrivée des contrats, j'ai pris peu à peu confiance. Les moqueries ont cessé.

Sa révélation ébranle mes certitudes. La vie n'est pas plus facile parce qu'on est jolie. Néanmoins, ça aide. Pour alléger le ton, plus que pour toute autre raison, je pense, Rebecca propose que l'on continue à discuter tout en triant mes vêtements. Je la guide vers ma chambre, ouvre mon armoire et redoute le vide qui va être fait.

— Commençons par le commencement, tes dessous ! lance

Rebecca.

Je lui indique à contrecœur le tiroir concerné. Elle commence à faire un tas et me dit : « Rien ne se jette, tout se recycle. Tout ce que je mets ici sera donné à une association qui en fera bon usage ».

Je pense qu'elle me parle pour me distraire. Je ne suis pas dupe.

— Et toi, tu ne m'as pas dit comment tu as connu Manu ? me questionne-t-elle.

Je m'assois sur mon lit et me balance en arrière, si bien que je ne vois que le plafond. Je le fixe et réponds en voyageant dans mon passé :

— Je devais avoir huit ou neuf ans quand nous avons emménagé à côté de chez Manu. Mes parents se disputaient sans cesse et j'en étais souvent la cause. Mon père ne voulait pas d'enfants, il reprochait à ma mère cet incident. Ma mère, elle, ne faisait qu'essayer de le garder. Je la plains, aujourd'hui, mais pendant longtemps, je lui en ai voulu au point de la haïr. Je ne comprenais pas qu'elle le préfère à son enfant. Je me souviens que la première fois que je l'ai vu, j'étais sortie de la maison à cause des cris. Il essayait d'attraper des insectes pour les prendre en photo. Je sais, c'est fou ! Il avait déjà un appareil autour du cou. Son père lui en offrait un à chaque retour de ses reportages. C'était sa façon à lui de se faire pardonner ses absences. Bref… j'ai attrapé les insectes et lui a pris les photos. Je tiens à préciser qu'aucun insecte n'a été maltraité ou n'est mort durant ce reportage.

Le rire sonore de Rebecca résonne dans ma chambre. Elle croit que je ne vois pas qu'elle met toutes mes fringues au recyclage, comme elle dit. Ah oui, parce qu'elle est passée au reste du placard.

— Il t'adore, tu sais, me confie Rebecca avec un air si sérieux qu'il en est curieux.

Puis elle reprend son tri. Non pas que j'aie beaucoup de vêtements, mais, elle scrute chacun d'eux très attentivement comme s'ils allaient lui parler. Ça pourrait paraître inquiétant.

— C'est réciproque. Sa mère m'a de suite prise sous son aile. À seize ans, ma mère a dû choisir entre son mari et moi. Il n'y avait plus de négociation possible. Alors, j'ai atterri chez Manu. Ses parents m'ont hébergée et nourrie. Pour le reste, je bossais dans un restaurant après les cours. Ce n'était pas le *job* du siècle, mais les pourboires m'ont bien aidée. Manu a même pris un *job* de serveur dans le même resto parce qu'il avait besoin d'argent pour ses objectifs.

Stop ! Il n'y a presque plus rien, là ! Je fais les yeux ronds. Néanmoins, elle s'entête et continue sa manœuvre de distraction. Elle connaît l'art de la guerre, ma parole ! À moi de l'occuper si je veux qu'il me reste quelque chose à me mettre sur le dos.

— Dis-m'en plus sur toi. Ce que tu veux, je ne sais pas quoi te demander.

— Euh… Bien… Je suis la seule fille de la fratrie. J'ai trois frères.

— Avec tes gênes, ils doivent être canon ! m'exclamé-je en levant les sourcils.

— Ils sont mariés ! sourit-elle.

Puis, elle déclare qu'elle a fini et qu'elle a faim. Cette femme est un estomac sur pattes ! Où met-elle tout ce qu'elle mange ? Elle ne m'a laissé que la robe que Manu m'a offerte, un *jean* basic et un *tee-shirt* blanc qu'elle qualifie d'indémodables. Pour le déjeuner, elle nous emmène dans une de ces petites brasseries gastronomiques qui ne radinent pas sur les quantités. Je crois que Rebecca bat largement Manu. Elle mange comme quatre ! Elle est gourmande et ne se prive pas. Je l'envie. Franchement, qui ne rêve pas de pouvoir manger ce qu'il veut sans prendre de poids ? Je dois avouer que plus je passe de temps avec elle, plus je l'apprécie.

Quand je la vois commander un dessert, je craque et lui dis : « ça sera sans moi, j'en peux plus. Mais comment fais-tu ? » Avec un sourire empreint d'une tristesse que je ne lui connais pas, elle m'explique qu'elle n'arrive pas à prendre du poids même quand elle le veut. Son ex-fiancé l'a quittée car il croyait qu'elle se souciait tellement de sa ligne qu'elle se faisait vomir quand elle était enceinte, provoquant ainsi une fausse couche.

— Pourtant, il te voyait manger, je suppose. Comment a-t-il pu imaginer une chose pareille ? C'est dingue ! dis-je, révoltée.

— Pas tant que cela, me répond-elle. Beaucoup de mannequins se font vomir, c'est une réalité. Mais pas moi, je le voulais tellement, cet enfant ! Aujourd'hui, je me dis que ce n'était peut-être pas le bon moment ou la bonne personne.

L'arrivée de son dessert est une distraction bienvenue. Elle était si triste ! Elle fait comme moi, elle pousse loin au fond d'elle ce qui lui fait trop mal. On se ressemble bien plus que je ne le pensais.

Elle m'emmène dans un salon d'esthétique et me laisse entre les mains de Clarissa. La boutique est très chic avec musique douce et apaisante en fond sonore, meubles modernes et murs aux tons blancs. L'esthéticienne, jeune métisse dans la vingtaine, me précède jusqu'à la cabine. Je me dis que mes amis ont dû payer une fortune ! Un peu inquiète, je lui demande si les soins sont onéreux. Elle me regarde, un peu gênée. Je le suis bien plus qu'elle, je tiens à le préciser.

— Pas plus qu'ailleurs. Mais si cela vous inquiète, nous avons des prix très raisonnables pour nos membres abonnés. Je vous donne la plaquette et je vous laisse vous dévêtir. Quand vous aurez fini, appuyez sur ce bouton. Je viendrai de suite, me répond-elle.

Elle a raison, quand je lis leur brochure, leurs prix sont équivalant à celui « *low cost* » du bas de ma rue. Maintenant, il faut voir si les prestations sont au moins équivalentes. En tout état de cause, le décor est nettement mieux ! J'ai droit à un gommage, massage, hydratation du corps complet. Et là, franchement, pas de comparaison ! Deux heures de détente après lesquelles je flotte sur un nuage. Toujours en peignoir, Clarissa me conduit dans un petit patio pour y rejoindre une Rebecca visiblement aussi détendue que moi. Elle aussi s'est offert ce super programme. Je vois arriver une théière avec du thé au jasmin et deux tasses. Clarissa et une de ses collègues s'attellent à nous faire une pédicure pendant que l'on boit nos thés et que l'on papote.

— J'adore cette journée ! Je me sens comme *Pretty woman* ! lancé-je.

— Et ce n'est pas fini ! Après, tu auras une leçon de maquillage. Et tu repars avec les produits, dit-elle en me faisant un clin d'œil. Il faut que tu continues à prendre soin de toi. Un soin une fois par mois et si tu veux, fais-le avec une copine ou une amie. C'est plus amusant.

— Tu as raison. Tu es dispo le mois prochain, environ à la même date ? demandé-je.

— Tu es sérieuse ? Tu veux revenir avec moi ? Et ton amie Aurélie ? répondit Rebecca.

— Je vois Aurél tous les jours et j'ai envie que l'on devienne amie.

Elle me regarde avec étonnement, puis elle affiche le plus rayonnant des sourires.

— Je serais ravie d'être l'amie d'une personne comme toi ! Forte, intelligente, drôle et j'en oublie !

L'émotion se lisant sur son visage, je lance : « Arrête la séquence *chamallow* ! Même avec du maquillage, on ne peut cacher des yeux bouffis ! » Après nos éclats de rire, un câlin et une manucure, direction mon premier cours de maquillage.

La maquilleuse du centre est une jeune brune à la beauté naturelle qui répond au doux nom de Maryline. Je m'attendais à une blonde fardée comme une *star* des années quatre-vingt, un peu ringard mais tellement drôle. Je suis ravie de me trouver face à une personne qui comprendra que je ne veux pas ressembler à un pot de peinture. Tout d'abord, elle prend le temps de regarder ma peau et me demande comment j'en prends soin. À vrai dire, je la nettoie et pose une simple crème de jour. Elle me donne les cinq conseils suivants à retenir pour la journée :

1) la base de tout bon maquillage est une bonne peau.

2) il faut l'hydrater avant de la maquiller et après démaquillage en fin de journée.

3) le teint doit être frais et uniforme.

4) on maquille fortement les yeux ou la bouche, jamais les deux.

En enfin :

5) le *contouring*, c'est pour les stars de cinéma et les caméras.

Puis, elle prend gentiment le temps de me montrer quels sont les produits qui me conviennent, pourquoi et surtout comment les utiliser. Par exemple, pour l'anti-cernes, elle le pose en tapotant de l'intérieur de l'œil vers l'extérieur pour stimuler la circulation sanguine. Puis, elle me démaquille et c'est à moi de refaire. Si elle m'avait juste expliqué, je ne suis pas sûre que j'aurais su refaire. En plus, elle m'a rassurée en me disant que l'on se reverrait au cours de la semaine. J'ai donc le temps d'assimiler et de m'entraîner. Nous repartons et Rebecca me raccompagne jusqu'à mon immeuble avec mes paquets cadeaux. Je vous le dis, une vraie *pretty women*, Richard Gere en moins !

On se dit à demain, même heure. Elle refuse de me dévoiler le programme du jour prochain. Je devrai attendre le matin. Elle souhaite garder une part de mystère, la morue ! Une fois dans mon appart, je dépose tous mes sacs et m'affale sur le canapé. Je suis vite rejointe par la Bestiole à grand renfort de frottements et ronronnements. Il est déjà dix-neuf heures et Manu entre chez moi comme chez lui. À voir les sacs siglés qu'il porte à bout de bras, il a acheté à dîner.

— Je me suis dit que tu n'aurais pas le temps de cuisiner et que tu serais claquée après cette journée.

Mon héros ! Il a raison et j'ai faim. On s'installe face à la télévision éteinte. Je lui raconte mes péripéties tout en déballant le repas asiatique et en le dévorant. Il m'écoute, se moque un peu et semble réellement ravi que je m'entende si bien avec Rebecca. Serait-il encore amoureux d'elle ? La question est à creuser. La Bestiole se colle à Manu. Quand il est là, je n'existe plus. Je me demande si mon chat est *gay* ou s'il prend les câlins partout où il peut. Encore une question à creuser ! Je trouve qu'il y a trop de questions sans réponses, en ce moment ! Sur ce, on mate un film et je m'assoupis. Je cauchemarde à nouveau. Je suis chez mes parents, je sanglote et je me vois avancer vers la cave. Mon père m'y punissait régulièrement sans véritable raison. J'entends ma mère qui pleure. Elle dit qu'elle l'aime et qu'elle veut le garder. J'ai peur, j'ai froid. Je reviens vers un demi-sommeil, entre rêve et réalité. Je sens une présence qui m'apaise et cette odeur si familière qui me rassure. Quelqu'un passe sa main dans mes cheveux et me murmure quelque chose que je ne parviens pas à comprendre. Avant de repartir dans un sommeil profond, je sens la délicate caresse d'un baiser sur mon front. Au petit matin, j'ouvre les yeux tout doucement. Je me sens bien, reposée. Je suis dans les bras de Manu. On a dû s'endormir sur le canapé. Je me lève en essayant de ne pas le réveiller, mais c'est raté. Il se lève rapidement.

— Prem's à la salle de bains ! lance-t-il avant de déguerpir si vite que j'en suis surprise : il est plutôt du genre à traînasser, le matin.

Manu

Vite ! Vite ! Il me faut une douche, une douche bien froide. Suzy n'a rien vu, enfin, je crois. J'ai failli craquer, cette nuit. Elle était dans mes bras, elle tremblait. Elle ne s'est pas totalement débarrassée de ses cauchemars. Au début, quand elle vivait chez nous, elle en faisait toutes les nuits, nous réveillant en sursaut. Maman ou moi la calmions. Elle ne faisait pas vraiment confiance à mon père. Je pense que c'est parce qu'il était souvent absent. Je n'avais qu'une envie, celle de l'embrasser et de la tenir fort contre moi. Elle était dans mes bras, mais j'en veux plus. Non, reprends-toi !

Sous la douche, je ne pense qu'à elle, au parfum de ses cheveux, à la douceur de sa peau. Mon envie d'elle est visible et douloureuse. Je n'ai pas trente-six solutions, je me caresse en pensant comme il serait bon de l'avoir avec moi ici avec l'eau ruisselant sur sa peau, ses cheveux mouillés le long de sa nuque… Putain, je suis mort ! Il faut que j'arrête de penser à Suzy comme ça ! Comment je vais faire ?! Une fois que j'ai fini, je passe un *jean* et un *sweat* gris à manches longues. J'ai toujours des vêtements chez elle. Je respire à fond avant de sortir. Il faut que je retrouve mes esprits. Suzy a besoin d'un ami, d'une famille et d'un repère. Je sors et lui laisse la salle de bains.

Suzy

J'entre dans le cabinet de toilette pleine d'entrain et d'envie. Je veux montrer à Rebecca que j'apprécie tout ce qu'elle fait pour moi. Oui, je sais, elle est payée pour cela. Mais je me lance. J'attrape la robe offerte par Manu et l'associe à mes bottes plates en cuir de la même couleur. Puis, je passe au ravalement de façade en suivant les conseils reçus hier. Je répète soigneusement chaque geste et quand je rate mon *eye-liner*, je respire un bon coup et recommence. Je dompte ma tignasse en un chignon coiffé-décoiffé. À vrai dire, je ne sais pas faire un chignon classique. Alors, je suis contente que maintenant, un chignon raté soit à la mode et fasse tendance. Quand je sors de ma chambre, je suis prête pour attaquer cette nouvelle journée toute pomponnée. Manu me regarde fixement, passe sa main dans ses cheveux.

— Tu es… wouah… ça te va bien ! Je veux dire le maquillage, tout ça, quoi...

À l'instant où l'on sonne à la porte, je sais que c'est Rebecca. Elle est en avance. Je n'ai pas pris mon café. Je m'avance pour ouvrir la porte, mais Manu me passe devant en disant qu'il doit filer à une séance. Il se retrouve nez à nez avec Rebecca et nous dit : « J'ai pensé à un truc. Je pourrai vous rejoindre au déjeuner. Becca, tu m'envoies l'adresse ? *Ciao,* les *girls* ! » Il recommence à être un peu bizarre, comme à mon anniversaire. Il me cache quelque chose.

— Je me suis dit qu'on pourrait petit-déjeuner ensemble, me dit Rebecca.

Ouf, je vais avoir mon café ! On s'installe pour prendre manger. Je dois sembler préoccupée parce qu'elle me couve immédiatement du regard.

— Tu ne trouves pas que Manu s'est comporté de façon étrange, tout à l'heure ? la questionné-je.

— Oui, un peu. Ne t'inquiète pas. S'il a un problème, je suis sûre qu'il t'en parlera. Il ne peut rien te cacher.

— Il m'a caché qu'il t'avait embauchée. J'espère qu'il ne prépare rien d'autre ! Imagine que cette fois, il me dénonce à Norbert en tant que criminelle de cuisine ! Tu sais, je m'attends à tout ! Quel est le programme d'aujourd'hui ?

— On va s'occuper de tes sous-vêtements et de ta coiffure. Je vais te chou-chou-ter. Je vois que tu as mis en pratique ce que tu as appris hier. Cela te va à ravir. Le fait que tu te maquilles, aujourd'hui, prouve que la conseillère t'a bien cernée et t'a proposé ce qui te correspond, dit-elle.

Je rougis un peu. Cependant, moins que lors de notre première discussion. Je commence à avoir confiance en elle. Ce qui, avec moi, n'est pas gagné. Je suis plutôt méfiante avec les gens et je me fie beaucoup à ce que je ressens lors de la première rencontre. On sent que c'est une femme sûre d'elle et cela m'a réellement dérangée lors de notre rencontre. Aujourd'hui, je sais que cela n'a pas toujours été le cas et mon regard est différent. Je me sens moins éloignée d'elle. Nous avons au moins cela en commun.

Pour la lingerie, elle ne m'emmène pas en boutique. C'est un sujet trop sensible et beaucoup de ses clients sont pudiques. Elle loue un salon privé équipé d'une cabine. Elle pense que cela est plus facile pour les femmes et les hommes qu'elle coache. Eh oui, il y a aussi des hommes qui font appel à ses services. Habituellement, ils souhaitent être pris plus au sérieux dans le domaine professionnel. Il suffit bien souvent d'un simple *coaching* vestimentaire, car certains d'entre eux sont restés bloqués aux années fac. Or, elle m'explique que l'apparence est la première chose que l'on voit d'une personne et qui permet de la classer mentalement. Une tenue *jean baskets* donne la sensation d'une personne dilettante avec une propension à la fête. Pas vraiment le genre d'individu à qui l'on confie un budget de plusieurs milliers d'euros. On finit notre café et prend la direction du *showroom* bras dessus, bras dessous. Quand on entre, je me tends. Elle me rassure pour conserver le rapport de confiance que nous avons établi.

— Il y a une cabine et tu n'as pas à te regarder longuement dans le miroir. Il y en a un, mais il s'enlève. Ne panique pas. Je veux d'abord savoir si tu as déjà eu des conseils sur la forme qui te correspond ? m'explique-t-elle.

— Oui et non, comme je te l'ai dit, j'ai fait comme j'ai pu. Ambra, la mère de Manu, m'a emmenée quelquefois dans une boutique. Cependant, devant ma gêne, je crois qu'elle a rendu les armes, réponds-je.

— Dans quoi te sens-tu le mieux ?

— Je n'en sais trop rien. Je te laisse carte blanche. Néanmoins, je ne suis pas quelqu'un d'extravagant, tu sais.

— Je sais, ne t'en fais pas. Pas besoin d'en faire beaucoup. Il faut que tu te sentes bien et jolie. Bon, je vais commencer par te dire que tu as une très jolie poitrine. Tu dois faire un bonnet D, 95 D. Je ne me trompe pas ?

— C'est cela.

— Pour le bas, je ne me trompe pas non plus si je te dis quarante-deux ou quarante-quatre ?

— Encore juste. Tu as un mètre dans l'œil, ma parole ! dis-je.

— À vrai dire, non. Manu a joué l'espion pour moi afin que je fasse venir ici des modèles à ta taille.

J'ouvre de grands yeux et lève fortement les sourcils. Comment ose-t-il ? Grrr !

— Tu veux dire que Manu a fouillé dans mes tiroirs ? grondé-je.

— Disons qu'il a regardé la taille de tes pantalons et pour le haut, je dirais que oui, désolée.

— Il y en a un qui va prendre ! Grrr !

— Ne sois pas fâchée, il voulait t'aider. C'est tout de même mieux d'être ici que dans une boutique remplie d'acheteuses et de vendeuses ! dit-elle, et face à l'évidence de son argument, je rends les armes. Il faut que l'on essaie plusieurs combinaisons de hauts et de bas. Pour chaque chacune d'elles, dis-moi si tu te sens à l'aise, ce que tu n'aimes pas, ce que tu apprécies. Et si tu t'en sens capable, montre-moi comment ça rend.

Je hoche la tête en signe d'assentiment et me dirige vers la cabine. Nous commençons les essayages. Pendant que je me déshabille, elle met de la musique pop. Elle me crie qu'elle envoie à Manu le nom du bistro au bout de la rue où elle prévoie de nous emmener déjeuner. Il propose alors de nous rejoindre au *showroom*. Elle lui envoie donc l'adresse, le temps que je passe le premier ensemble.

J'ouvre le rideau et me dis que c'est joli mais que je ne me sens pas à l'aise. En effet, le premier ensemble est volontairement composé d'un soutien-gorge pigeonnant et d'un *string* assorti, le tout en dentelle. C'est *sexy* mais inconfortable. Passage au second et ainsi de suite jusqu'à trouver la bonne combinaison. Entre chaque essayage, Rebecca danse sur la musique en m'entraînant. Elle se laisse porter par la mélodie, rit, chante. Quand je passe une nouvelle tenue, elle me pose une question qui lui brûle les lèvres :

— Pourquoi te dévalorises-tu tant ?

— Tu sais, quand on te dit et te répète à longueur de journée que tu es moche, qu'on ne voulait pas de toi, tu finis par y trouver un fond de vérité. Mon père me demandait de fuir son regard et si je ne m'éclipsais pas assez vite, j'en payais le prix. Ma mère, elle, enfonçait le clou. Je ne leur en veux plus depuis longtemps. Il y a des gens qui sont pas faits pour être parents et d'autres qui ne sont pas faits pour être aimés.

— Ne dis pas de bêtises. Tes amis t'aiment, Manu t'aime. Je ne crois pas avoir rencontré beaucoup de personnes comme toi. Rends-toi compte de qui tu es ! Tu n'avais rien et tu t'es battue pour y arriver. Déjà, rien que pour ça, chapeau ! En plus, tu as une personnalité incroyable ! Tu es généreuse. Aurélie m'a dit que tu achètes des déjeuners à un SDF qui traîne près de ton bureau. Tu connais combien de personnes qui font cela ?

Sans attendre ma réponse, elle continue.

— Tu es accueillante. Tu m'as ouvert ton cœur sans me juger. Tu as pardonné à tes parents alors que je les aurais haïs.

— Je n'ai rien pardonné. Disons que j'ai mis tout cela dans une boîte bien fermée tout au fond de moi. Le ressentiment et la colère empêchent de voir clair et d'avancer, dis-je.

— J'aime ta façon de voir les choses. J'espère qu'en te sentant mieux dans ton corps, tu prendras plus confiance en toi. J'ai l'impression que tu as déjà commencé, je me trompe ?

Je souris et repars dans les essayages. Manu arrive au dernier passage de sous-vêtements. Nous avons opté pour des *shorty* et culottes en dentelle ou satin avec soutien-gorge emboîtant. Le tout est *sexy* mais pas trop et agréable à porter. Rebecca emballe tout cela afin que je puisse les emporter, le temps pour moi d'ôter le dernier et de me rhabiller.

Manu

Je me balade les mains dans les poches. Puis, je m'arrête net. Le rideau de la cabine est mal fermé. Je regarde Suzy à travers l'espace non clos. J'en suis bouche bée. Elle est si belle et incroyablement *sexy* dans cet ensemble ! Oh, putain ! Je suis dans la merde ! Pense à autre chose, pense à autre chose… Je ne la regarde pas comme on elle l'attend de son meilleur ami, son confident et presque frère. Il faut que j'arrête cela tout de suite. Soudain, je sens un regard sur moi, détourne les yeux et je vois Rebecca qui m'observe. Merde ! Je reprends mes va-et-vient les yeux braqués sur mes pompes. Je sais, je fais le petit garçon pris en faute. Suzy sort toute joyeuse de la cabine. Elle ne s'est rendu compte de rien. Becca ne dira rien ? On est amis ! J'espère qu'elle ne dira rien de ce qu'elle pense avoir vu. Elle me prend un bras et Suzy l'autre. Les paquets lui seront livrés ce soir. Pas besoin de les traîner toute la journée. Ce n'est pas génial, ça ? Nous descendons la rue. Je les fais rire en leur racontant ma séance photo du matin. J'ai tenté en vain de rendre une poêlée de poireau à la crème *sexy*. Mais rien n'y a fait ! Je pense que c'est parce que je déteste ça. Traumatisme d'école. Suzy en rit aux éclats et explique à Rebecca comment on était forcé de tout goûter. Moi, malin comme un singe, je vidais discrètement mon assiette dans le cartable de mes camarades.

Durant le déjeuner succulent et fort copieux, Suzy me demande si je dormirai à son appart ce soir. Cette question ressemble à une supplique, elle redoute ses cauchemars, je pense. Je crois déceler de la crainte dans sa demande. Mais je ne peux pas résister deux soirs de suite. Il me faut un *break*. Alors, je lui explique que j'ai une soirée prévue de longue date en me passant la main droite dans les cheveux. Rebecca me regarde et plisse légèrement les yeux. Elle connaît ce geste. Elle sait que je mens ou que je suis mal à l'aise. Je faisais le systématiquement quand je lui mentais. On en a déjà discuté ensemble. J'espère que Suzy ne s'en est pas rendu compte. Rebecca m'avait expliqué que ce geste masculin est typique des fourberies et autres dissimulations. Il est symptomatique, beaucoup d'études très sérieuses le confirment. Les femmes, elles, ont tendance à fuir le regard et à bégayer, pour certaines. Le déjeuner fini, on se sépare. Je vais travailler sur mon expo et elles vont changer de tête.

Suzy

Pas de *coaching* sans passage chez le coiffeur. Aujourd'hui, on dit même « artiste capillaire ». En y arrivant, je stresse tellement que je fais tomber une étagère de produits. Je suis une gourde quand je panique ! Une personne s'en occupe et me place entre les mains d'une femme élégante d'âge mûr tout de noir vêtue. Elle prend nos affaires et nous fait traverser le salon pour nous rendre dans un petit espace qui recrée l'ensemble des postes de coiffure pour une personne. Rebecca, assise à mes côtés, m'explique qu'elle ne cachera pas les miroirs comme à la télévision. Afin que je m'habitue à mon image au fur et à mesure. Je suis pétrie de trouille. Un peu comme le premier jour d'école, quand je me demandais si Manu serait dans ma classe ou non. Les directeurs de l'école, du collège puis du lycée ne nous ont jamais séparés sauf quand nos orientations différaient. Le coiffeur arrive et en bon professionnel, il commence par un bilan.

— J'ai besoin de savoir comment vous les structurez d'ordinaire ? Si vous aimez comment ils tombent ? Voulez-vous une coiffure qui les laisse lâchés ou pas ? Je sais, je vous en demande beaucoup. Mais vous avez de beaux cheveux très épais, un peu, beaucoup, très secs mais avec une belle couleur de base. La frisure est désordonnée à cause de l'assèchement, constate mon coiffeur du jour qui ne m'a, par ailleurs, pas donné son nom.

— Ils finissent soit en chignon, soit en queue de cheval les trois quarts du temps. Et pour le reste, je tente tant bien que mal de les discipliner un peu. Je vais bien chez la coiffeuse. Cependant, je vois bien qu'elle est perdue face à ma tignasse.

— Je pense que votre coiffeuse n'a pas l'habitude. Mais moi, oui ! Je vais vous exposer ce à quoi ressembleront vos cheveux quand on en aura fini. Je vous donnerai les noms des traitements, que vous puissiez le refaire dans n'importe quel salon. Je pense que vous aimeriez les lâcher un peu et ne plus vous battre contre eux tous les matins.

J'acquiesce de la tête et il continue :

— Votre couleur me plaît. Je vous propose juste de lui donner un petit reflet rouge, si ça vous convient. Cela rehaussera ton teint.

Je cherche le regard de Rebecca.

— C'est toi qui décides, Suzy. Rien ne sera fait sans ton accord, me rassure-t-elle.

— Je rêve de reflets rouges ! réponds-je, tout sourire.

Le coiffeur se met au travail. Il commence par préparer un défrisage puis nous enchaînerons sur une couleur, une coupe et un *brushing.* Même s'il m'explique que je n'en aurai pas vraiment besoin. Cela sera plus un séchage car le traitement capillaire raidira mes cheveux. S'il y arrive, je le bénis et je l'adopte ce salon à vie !

Ma coiffeuse m'a toujours dit qu'elle ne pouvait pas le faire sur ma tignace. C'est marrant, toutes les femmes aux cheveux raides rêvent d'avoir des cheveux frisés. À l'inverse, les femmes comme moi aux cheveux frisés veulent des cheveux raides. On n'est jamais heureux de ce que l'on a ! Pendant qu'il travaille sur ma tête, Rebecca recommence sa ruse de diversion : elle me parle, disons plutôt qu'elle me fait parler pour que je n'aie pas le temps de cogiter donc d'angoisser.

— Pour que je comprenne ton problème d'assurance, j'ai des questions personnelles à te poser. Avec tes explications, j'ai une partie du *puzzle*, je vais t'en demander une autre. Comment cela se passait-il avec tes ex ? Peux-tu m'en parler ou est-ce trop douloureux ?

— Douloureux, non ! Catastrophique et drôle vu de l'extérieur, oui ! réponds-je en pouffant de rire. Alors, comme ça, tu veux une visite de la galerie des horreurs ?

— Y'en a eu tant que ça ?! demande Rebecca

— Non. Je te passe les amours de lycée qui ne comptent pas vraiment. Il y a eu trois mecs. Non, je dirais plutôt trois spécimens. Commençons par Enzo, mon bel Italien. Manu et lui ayant la même origine, je me suis dit en le rencontrant que notre entente serait similaire. Mais je me suis lourdement trompée. Il avait un caractère impossible et il était d'une jalousie maladive. Il cherchait la dispute tout le temps. Cependant, après chacune d'elles, les réconciliations étaient aussi chaudes que nos disputes étaient fortes. Cela faisait cinq mois que l'on était ensemble, nous devions sortir le soir, mais un empêchement professionnel m'a retenue. Je ne lui avais jamais dit ou je travaillais et je lui en avais encore moins donné l'adresse. Je le préviens par SMS puis enchaîne les réunions. En sortant du bureau, il était là, en bas de l'immeuble. Il m'a prise à partie en disant que je lui avais menti pour rester avec un collègue. Alors que je ne bossais qu'avec des femmes ! Mon côté indépendant et féministe a pris le dessus. On s'est engueulés dans la rue, sur le trottoir. Il m'a avoué qu'il me suivait presque tous les jours !

— C'est effrayant ! lance Rebecca

— Oh oui ! J'ai immédiatement rompu. Attends, tu ne sais pas tout. Je t'ai dit qu'il était Italien, un vrai. Quand je l'ai rencontré, il avait déjà son appart. Devine qui venait lui faire son ménage. Sa mère ! Un matin, elle est entrée dans sa chambre comme si de rien n'était alors que l'on y dormait. Je ne savais plus où me cacher. Mais lui n'était absolument pas gêné. Il trouvait normal que sa mère ayant la clef pour nettoyer son appartement ne toque pas à la porte.

On se regarde et on rit de bon cœur. Le coiffeur se joint à nous. Il n'intervient pas mais hoche ou secoue la tête.

— J'ai déjà mal aux zygomatiques et on n'en est qu'au premier ! rit Becca

Je passe au bac pour le shampoing. Mon coiffeur, dont je connais désormais le prénom, Hugo, est incroyablement doué pour le massage de la tête. C'est dingue ce que ça détend ! Sa femme est une chanceuse ! Je sais aussi qu'elle est enceinte de leur premier enfant. Il a voulu me remonter le moral en m'expliquant qu'il avait lui aussi collectionné les cas avant de rencontrer sa femme, l'amour de sa vie. Et ce sont ses mots. Il est trop chou ! Il a quelque chose qui s'allume dans le regard quand il parle d'elle. De retour à mon siège, il me sèche les cheveux puis attaque la couleur. Je passe à mon deuxième zozo.

— Il y a eu Pierre, son nom de code était Roger, comme *Roger Rabbit*, dis-je

— Comme le Rabbit de *Sex and the city* ? demande Rebecca

— Non, *Roger Rabbit.* Le lapin du film : petit de partout, blanc et rapide pour tout.

— Je ne suis pas sûre de bien comprendre.

— Traduction : micro-pénis, éjaculateur précoce et *libido* quasi inexistante !

— Non !

— On a tenu huit mois. On s'entendait bien. Il était gentil, drôle et intelligent. J'ai cru pouvoir vivre sans sexe. Mais je me suis vite rendu compte que ne pas avoir de sexe quand tu es célibataire, c'est acceptable. Mais quand tu es en couple, c'est très frustrant.

— Pourquoi utilisais-tu un nom de code ?

— J'ai cherché à l'aider, à nous aider en prenant conseil auprès d'Aurélie et Manu. Je ne savais pas quoi faire et je ne me voyais pas en parler à un inconnu. Je ne voulais pas qu'il sache que je discutais de nous avec eux. Alors, on a pris un nom de code. Je dois avouer que c'était bien trouvé.

— Avez-vous découvert une potion magique ?

— Une fois, je me souviens avoir voulu le tester. Je voulais savoir si je lui plaisais vraiment, car je commençais à douter. J'ai passé l'après-midi à choisir des dessous *sexy* avec Aurélie et j'avais acheté des préservatifs dits « retardants ». Je me suis dit que si j'arrivais à lui donner envie, je ne voulais pas que tout se termine en deux minutes. La première partie du plan a fonctionné comme sur des roulettes. Il est rentré du boulot et m'a trouvé couchée sur son lit presque nue. L'action lancée, je sors mon arme secrète, la lui enfile comme si de rien n'était. Il me pénètre sans que j'en sois satisfaite. Mais je pensais qu'avec le mouvement, j'arriverais peut-être à l'orgasme. À peine deux minutes après, il ne cesse de dire : « Je n'arrive pas à jouir » ; et, moi, je réponds à tue-tête : « Continue, continue ! » Finalement, j'ai eu cinq minutes de coït, pas d'orgasme, et mon compte a été allégé de cent euros de lingerie que j'ai jetée de colère juste après !

Rebecca ne cesse de rire quand je passe de nouveau au bac. Ma couleur est terminée. Je suis impatiente de voir ce que cela donne. Hugo me prévient que le reflet se discernera au séchage. Il veut revoir ma coupe. À mon regard, il sent que j'ai peur d'avoir les cheveux courts et il me rassure de suite. Il me propose un semi-long avec une raie sur le côté et une jolie frange. Je n'ai jamais osé la frange avant. Avec des cheveux frisés, c'est juste trop moche ! Cependant, même avec mes cheveux mouillés, je sens la différence. Avant, même humides, ils frisaient déjà au bout de trois à quatre minutes. Et là, ils restent en place, pas tout raides mais naturels. Je n'en reviens pas. J'ai un énorme sourire quand je reviens me placer devant mon nouvel ami le miroir et aux côtés de Rebecca.

— J'ai presque peur d'entendre ce qui s'est passé avec ton troisième ex.

— À vrai dire, pas grand-chose. Je ne vais pas te mentir. On est restés ensemble un an. On ne s'est jamais installés ensemble. Je pense qu'il aurait voulu, mais pas moi. Je ne ressentais rien pour lui. Quand on s'embrassait, je n'avais pas de papillons dans le ventre, pas l'ombre d'un fourmillement. Je n'avais aucun sentiment pour lui. J'ai voulu rompre à de nombreuses reprises, mais il me disait toujours que l'amour viendrait avec le temps. Il m'en demandait toujours plus, jusqu'à ce que je n'en puisse plus. Tu vois, rien de spécial, juste une perte de temps. Il m'a appelée pendant un an toutes les semaines après notre rupture. Il voulait me persuader de revenir sur ma décision.

— Je te comprends mieux, désormais. Je pense que ton manque de confiance en toi a engendré un manque de choix dans les prétendants, provoquant une baisse de celle-ci. C'est un cercle vicieux. Je m'explique : si tu t'estimes, tu plais parce que tu rayonnes, tu as ainsi le choix parmi plus d'hommes et tu n'as plus qu'à en choisir un qui te convienne. Comment trouves-tu ta nouvelle coiffure ? demande-t-elle alors que le coiffeur vient de terminer.

Je n'arrive pas à dire grand-chose entre les larmes qui coulent à flots et le sourire qui s'étire sur mes lèvres. Je pleure de joie. Je ne me suis jamais vue si jolie. Je ne me suis jamais trouvée jolie. Cette coiffure est une pure merveille ! Je suis charmée et je déclare uniquement qu'à dater de ce jour, seul Hugo a le droit de s'occuper de ma tête. Il rit et nous aussi. En sortant du salon, je le serre dans mes bras et promets de revenir bientôt. Il est dix-neuf heures, nous avons passé quatre heures au salon et nous n'avons pas vu le temps passer. Rebecca doit partir car elle a un rendez-vous et moi, je dois rejoindre Aurélie pour boire un verre dans notre *pub*. Elle veut voir l'avancée des travaux et papoter un peu. Quand j'y arrive, elle m'attend à notre table habituelle. Elle me regarde la bouche grande ouverte. Elle va gober une mouche, à votre avis ? Dès que j'arrive à sa hauteur, ses yeux s'emplissent de larmes et elle me prend dans ses bras. Immédiatement, je m'inquiète.

— Il s'est passé quelque chose ? Tout va bien ? dis-je, un peu paniquée.

Elle articule un : « T'es trop belle ! » entre deux sanglots. Alors, je la serre plus fort dans mes bras et on décide de boire un verre pour fêter ça. Elle me félicite du changement, me trouve plus épanouie. Elle insiste pour faire une photo de moi avec mon téléphone pour que je l'envoie à Manu. Elle en prend une autre avec le sien qu'elle envoie au reste de la bande. J'accompagne la photo que j'envoie à Manu d'un : « mate la pouff ». Après, les retours enthousiastes des photos, Manu me répond : « Je vais travailler dans la chambre noire, pas de portable. En sortirai vers minuit. Si cauchemars, appelle-moi. C'est un ordre ! Au fait, magnifiques, tes cheveux, tu bats Orlando Bloom ! » En lisant le message, je souris bêtement. On a parfois un humour pourri que personne ne comprend sauf nous ! C'est l'un des privilèges d'une longue amitié. Je lui réponds : « OK, promis, Orlando, tu resteras pour toujours mon amour capillaire. Quoique trop palot, et la chambre noire ne va rien arranger ! » Aurélie commande un autre verre. Je ne compte plus les tournées quand on décide de danser. La tête me tourne un peu, beaucoup, à la folie… Le *barman* nous commande un taxi pour rentrer. Je sais qu'on est amis et que je connais son nom, mais je ne m'en rappelle pas. Je crois que je suis un peu bourrée et Aurélie aussi. Il nous demande d'attendre tranquillement. On n'arrête pas de rire. On ne sait pas vraiment pourquoi. Je n'ai jamais autant bu. J'ai encore soif.

— Un autre, *barman* ! dis-je.

Il soupire en secouant la tête. Peu après ou peut-être pas, il nous aide à monter dans le taxi. Sur le trajet, on ne fait que rigoler. Le chauffeur nous dépose au bas de mon immeuble. Faut monter ! On se soutient l'une, l'autre pour escalader les marches et ce n'est pas très brillant. Arrivées sur le palier, je cherche mes clefs. Mais où sont passées ces clefs ? Je demande à Aurel, mais elle n'en sait rien. Elle non plus ne trouve pas son trousseau. Je sais, je vais appeler Manu, il a le double. Où est mon téléphone ? C'est trop petit, ces truc-là ! Ah ! le voilà. Je déverrouille.

— Ouf, je n'ai pas mis de code secret, ricané-je, suivie d'Aurél. J'ai mal aux côtes à force de rire.

Manu

Je suis exténué mais j'ai bien bossé. J'adore travailler à l'ancienne. Les appareils numériques ont l'avantage de nous donner la possibilité de faire beaucoup de photos avec des paramètres variés. Cependant, j'aime les appareils argentiques à pellicule qui ne tolèrent pas l'erreur et qui demandent plus de technique. J'ai acheté mes pellicules à un grossiste qui vidait ses *stocks*. J'ai plein de cartons remplis que je garde précieusement. J'utilise souvent mes vieux appareils pour mes expos. Cependant, j'apprécie aussi de travailler en numérique. J'en ai fini pour ce soir. Je sors de la chambre noire et mon portable vibre de suite. C'est Tim qui m'appelle pour me dire que les filles sont bourrées. Je lui demande de les mettre dans un taxi et de ne pas les laisser partir avec on ne sait qui. C'est un pote, il veille sur elles. Je préviens immédiatement Tristan et il nous conduit à l'appart de Suzy. Qu'est-ce qui leur a pris ? Mon portable sonne. C'est Suzy. Je décroche rapidement.

— Manu ? prononce-t-elle, la voix si pâteuse que je la reconnais à peine.

— Suzy, ça va ? Où tu es, là ?

Elle ne répond pas et je l'entends demander à Aurélie où elles sont. Elles rient et je repose ma question.

— Aurélie dit qu'on est sur mon palier. J'ai perdu mes clefs.

— Bouge pas, on arrive. Dis-moi que vous n'allez pas bouger !

— Je sais plus où je les ai mises, Manu.

— Suzy, s'il te plaît, tu ne bouges pas.

Elle est incapable de suivre la conversation. Je suis très énervé. Néanmoins, j'essaie de ne rien laisser paraître. Elle souffle dans le téléphone et finit par acquiescer.

Tristan a l'air aussi inquiet que moi. Cependant, je ne sens pas d'énervement. La situation l'amuse. Les filles ne se mettent jamais la tête à l'envers. C'est une première. Elles boivent toujours raisonnablement, mais pas cette fois.

Un quart d'heure après, on arrive enfin. On monte les marches en trombe. Sur le palier, on trouve Aurélie et Suzy assises par terre, adossées à la porte, à roupiller. Tristan prend délicatement sa moitié dans les bras pour la ramener. Je soutiens Suzy pour ne pas qu'elle s'écroule sur le côté et je lui souhaite bon courage. Je déverrouille la porte et demande à Suzy de passer ses bras autour de mon cou, mais elle grogne.

— Ou tu le fais, ou je te mets sur mon épaule, ce qui te fera sûrement vomir, lui lancé-je.

Elle a les yeux embués par l'alcool. Elle m'entoure de ses bras et je la porte. Elle niche sa tête au creu mon cou. Si elle savait ce que ça me fait ! Je la serre fort, plus que ce que je devrais mais je ne peux pas m'en empêcher. Je la pose sur son lit. Elle reste assise.

— J'ai perdu mes clefs, répète-t-elle.

— Je sais, ma Suzy, on verra ça demain.

— Je les ai mises en lieu sûr, comme tu m'as dit. Mais je sais plus où.

— Ne t'inquiète de rien.

— Ah si, je sais ! lâche-t-elle en plongeant la main dans sa poitrine.

— Tu fais quoi ? dis-je en ouvrant grands les yeux d'étonnement.

— Je les ai rangés là où personne ne va les trouver. Regarde, dans mon soutien-gorge !

Elle sort les clefs. Je ne peux retenir un fou rire qui me fait du bien. Elle me suit et je la mets dans son lit, lui ôte ses chaussures. Je lui laisse ses vêtements. Je rêve de la voir sans, mais pas dans ces conditions. Elle me répète au moins dix fois qu'elle a retrouvé son trousseau dans ses gougouttes. Et ce sont ses mots.

— Ne pars pas, Manu, reste, me supplie-t-elle.

Je me pose près d'elle le temps qu'elle s'endorme, lui caressant les cheveux. Elle va avoir un putain de mal de crâne demain, sauf si... Je me lève dès qu'elle dort assez profondément. Je lui prépare mon remède anti-gueule de bois. Avec ça, elle n'aura plus rien en moins de trente minutes. Secret de famille transmis par mon paternel. Je le place à son chevet avec une aspirine et un petit mot. Je dois rentrer, j'ai encore du boulot et un *shooting* tout à l'heure.

Jour 3

Suzy

Je tente d'ouvrir les yeux, la lumière m'éblouit. Je vais y aller doucement. J'ai mal au crâne comme jamais. Vous croyez que les cheveux peuvent se décoller pour cause de gueule de bois ? Je me retourne difficilement et trouve un verre de couleur indéfinie sur ma table de nuit. La mixture sent affreusement mauvais, j'en ai le tournis. Elle est accompagnée d'un cachet et d'une note. Le petit mot est de Manu, il écrit : « Dans moins d'une heure, tu te sentiras beaucoup mieux, ma Suzy. Avale le tout, puis prends doucement une douche, un café. Et tu seras retapée. » Pas le choix, j'avale cul sec. C'est dégueu ! J'ai l'impression d'être sur un bateau en pleine tempête. Peu à peu, je me sens mieux, ma tête retrouve son calme habituel. Je ris aux souvenirs confus de la veille quand sonne Rebecca. Ce matin encore, elle suit son rituel. Petit déjeuner copieux, puis annonce du programme de la journée. Elle a un don pour la mise en scène. Ainsi, il est prévu que je prenne mon deuxième cours de peinture faciale et que l'on enchaîne avec les boutiques de vêtements. Il était temps, je n'ai quasiment plus rien à me mettre avec le tri qu'elle a effectué ! Je retrouve avec plaisir la gentille Maryline, qui est ravie de me voir maquillée comme elle me l'a appris. Elle m'explique comment varier les associations et choisir les couleurs qui vont avec ma carnation. Nous passons un moment sur le maquillage de soirée. Je ne me couche pas fardée en rêvant qu'un pompier vienne me trouver en pleine nuit. Avec ma nuisette toute neuve et mon ravalement de façade, il tomberait sous le charme et nous ferions l'amour comme des bêtes, avant que le feu de notre passion ne nous consume. Je divague, là ! Revenons au sujet. Ce second cours est fort instructif. Je me sens plus sûre de ce que je fais, des produits dont je me sers et de comment je les utilise. Pour le déjeuner, je laisse Rebecca me guider vers un petit restaurant. Vous avez compris, je pense, qu'elle est « Rebecca-les-bonnes-adresses ». Je lui volerais bien son carnet secret, elle a des pépites. La façade du resto est élégante et raffinée, mais sans chichis. Elle a juste ce qu'il faut. Fraîchement repeinte en blanc, elle est composée de grandes baies vitrées laissant apparaître des tables de petite taille qui préservent l'intimité. À l'entrée, une hôtesse nous reçoit avec son sourire ultra blanc. Elle nous conduit à notre table quand on m'appelle.

— *Miss* Bright, quel plaisir de vous voir !

Je reconnais immédiatement la voix et le timbre de patron Mamour.

— Monsieur Durray, je vous croyais en voyage.

— Je suis rentré plus tôt que prévu. J'en profite pour déjeuner avec mon bras droit : Samuel Evans. Sam, je te présente *Miss* Bright, de la société Infiniformatique, dont je t'ai parlé, et…

— Oh, euh, je vous présente Rebecca, une amie. Je te présente monsieur Durray, un client, patron de la société Talion, enchaîné-je.

— Enchanté. Que diriez-vous de déjeuner avec nous ? La table est assez grande et une présence féminine est la bienvenue ?

Il n'attend pas la réponse et alpague l'hôtesse avec son air de tombeur.

— Merci d'ajouter deux couverts à cette table, s'il vous plaît. Ces dames sont nos invitées.

Sitôt dit, sitôt fait. Je me demande si quelque chose ou quelqu'une résiste à cet homme. Chacune de part et d'autre de la table, nous prenons place. Si bien que je me retrouve aux côtés de Samuel et Rebecca de monsieur Durray. Sam est visiblement grand et mince, il a des traits « *so British* », élégant, sans trop de sophistication.

— Il y a quelque chose de changé chez vous, *Miss* Bright. Je me trompe ? demanda-t-il.

Rebecca me jette un regard complice avec un sourire en coin.

— Une coupe de cheveux change une femme, réponds-je.

La serveuse vient prendre la commande des boissons et nous laisse la carte. Je suis un peu gênée. Je pensais déjeuner en tête à tête avec mon amie et nous voilà avec mon client et son bras droit. J'ai peur que la situation ne se complique. Mais, loin de mes craintes, monsieur Durray engage la conversation. Je constate que celle-ci et le regard de mon client sont orientés sur Rebecca. Tout en écoutant

Sam me parler de la nouvelle tendance en matière de communication, j'observe mon amie et son langage corporel. Elle est clairement sous le charme et il règne entre eux une attraction palpable. Suis-je la seule à le percevoir ? La serveuse prend nos commandes et les discussions reprennent. Rebecca et monsieur Durray prennent part à notre débat sur l'utilisation de l'image sympathique des *seniors* dans les publicités. C'est très tendance. La culture du jeunisme pousse jusqu'à essayer de rendre *sexy* la gentille mamie de notre enfance. On n'est pas tous d'accord et, bien sûr, c'est ce qui rend la discussion intéressante. Quand les plats arrivent, je n'ai plus la sensation de manger avec un client et son collègue mais avec des amis. La conversation est légère et sans difficulté. Les plats sont bons, vraiment bons !

Rebecca nous avoue que le cuistot est un ami d'enfance. Il viendra sans doute nous voir en fin de repas pour savoir si nous avons apprécié sa cuisine. Il a trop à faire pendant le coup de feu. Quand les desserts arrivent, ils sont livrés par le chef. Rebecca nous le présente. Nous lui faisons part de nos compliments et je lui explique à quel point sa viande a été une extase pour mes papilles. Si, si, je vous jure. Un truc de malade ! Un orgasme du goût ! Il nous explique alors la sélection de produits qu'il fait pour le restaurant. Il nous confie que beaucoup oublient que la France compte nombre de bons éleveurs aux viandes goûteuses. Il ne joue pas sur les prix de ses matières premières. Mais il commande en fonction des saisons tout juste ce dont il a besoin, évitant ainsi du gâchis. Moi, il m'a convaincue, mais je suis aussi une adepte des produits de saisons. Manger des fraises à Noël est une aberration ! Tout comme le plat, le dessert est succulent. Je lui explique mes théories sur les circuits courts et la préservation des commerçants de quartier avec ferveur. Nous avons visiblement le même point de vue. Les trois autres me regardent comme on voit un extraterrestre, mais pas le chef. Mon plaidoyer les a apparemment surpris. Monsieur Durray l'a qualifié d'étayé et de très construit. Il me fixe intensément et ajoute :

— C'est vous qui écrivez les présentations de votre collègue, avouez ! Cela ne peut venir d'elle. Je reconnais votre logique et votre créativité.

Prise au piège, je ne peux qu'acquiescer.

— Ne vous en faites pas, je m'en doutais depuis un moment. Et vos interventions lors de notre dernière entrevue m'ont convaincu qu'elle était incapable d'un tel travail.

Il est plus quatorze heures quand nous nous séparons. Monsieur Durray et Sam regagnent leur bureau. Rebecca et moi partons à l'assaut des boutiques. Elle a fait une présélection de magasins. Elle en a retenu quatre dans lesquels je devrais me retrouver. Le *shopping* se passe comme une virée entre copines. Je lui montre des vêtements et elle me dit pourquoi et comment les associer. Nous avons la même vision des choses. Il me faut un style classe et *sexy* mais, pas trop pour le boulot. Pour le *week-end*, nous choisissons un style plus bohème chic. Rebecca insiste pour que je prenne des robes dites « rendez-vous » et deux robes de soirée pour les événements mondains. Je vais en avoir besoin avec l'exposition de Manu samedi en huit. Vous voyez l'image, dans *Pretty Women*, où Julia Roberts et Richard Gere ont les mains pleines de sacs ? Bien, là, de suite, je suis Julia et je crois n'avoir jamais acheté tant de fringues. Rebecca me conseille d'acquérir une à deux nouvelles tenues par mois. Pas besoin de plus, d'après elle. Tout est dans l'accessoirisation, tant mieux pour mon budget.

Jour 4

Au programme chaussures et accessoires, ce matin. Rebecca refuse de me dire ce que l'on fait cet après-midi. Les secrets et les énigmes, je n'aime pas ça. Je pense que vous l'avez remarqué. On a toutes déjà entendu la célèbre phrase : « il faut souffrir pour être belle ». Becca pense, au contraire, que personne ne devrait avoir mal aux pieds toute la journée. Le secret est dans le choix du talon. Pour ma part et après plusieurs essais, j'opte pour des Stiletto. J'ai même pris des ballerines pour le *week-end !*

Après la boutique d'accessoires et un bon déjeuner, elle me traîne dans un bar *latino*. Qui va dans ce type d'endroit en pleine après-midi ? Interloquée, je la regarde aller voir un homme très élégant et longiligne. Apparemment, ils se connaissent bien.

— Je te présente Alvarro, ton prof de danses latines. *Salsa* et *tango* sont au programme de ton après-midi, dit-elle en s'avançant vers moi.

Alvarro la suit de près.

— Enchanté ! dit-il avec un accent latin. Je suis cubain et je vais t'apprendre l'art de séduire par la danse.

Nous bavardons un peu de mon inexpérience et il m'explique que les danses latines mettent la femme en valeur et la séduction charnelle au premier plan. Ma coach pense que cela va m'aider à prendre confiance en moi. Je ne sais pas ce qu'elle fume, mais il faut qu'elle partage ! Au début du cours, je me sens gauche, maladroite et tout sauf suave. Peu à peu, je constate que je suis plus à l'aise dans les mouvements et la musique me transporte loin, sous le soleil d'une île bloquée dans le temps où l'érotisme transpire par les pores de la peau. À la fin, Alvarro m'embrasse sur ma joue humide de sueur et m'invite à revenir.

Jour 5 Le vendredi.

Vous connaissez la phrase : « Le vendredi, c'est *freestyle* ». C'est presque ça ! J'ai ma matinée pour me reposer. Grasse matinée, tu es à moi. Mouah ah ah ! Vous reconnaissez mon rire de sorcière ? Ensuite, je suis libre jusqu'à l'arrivée de Rebecca à quatorze heures. Nous allons cuisiner pour le *brunch* de dimanche. Elle y est bien entendu conviée. La première chose à faire est d'établir notre plan de bataille, c'est-à-dire une liste des tâches. Je lui propose de mélanger les ingrédients de la pâte à croissants et pains au chocolat pour que je fasse le feuilletage samedi. Puis, la découpe et la mise en forme seront réalisées dimanche matin. Il faut cuisiner des gâteaux qui se gardent. On choisit de préparer un fondant, un *cake* citron pavot et des biscuits orange confite aux épices de Noël. On en a pour l'après-midi. On va prendre notre temps. Elle est novice en pâtisserie. Elle souhaite apprendre. Et puis, je pense aussi qu'elle veut encore me faire parler. Ma vision de la vie, de ma vie a beaucoup changé depuis la semaine dernière. Il semble que discuter avec elle de tout et de rien m'aide à prendre confiance en moi, à mettre à distance certains points ou à en souligner d'autres.

J'ai un classeur de recettes très bien fait. Chacune d'elles y est détaillée étape par étape puis classée par types : entrée, plat, dessert, pâtisseries. Je regroupe les recettes que je prends de différents livres mais je les teste et les annote avant. Ainsi, elles sont parfaites quand elles entrent dans mon fichier papier. J'admets être un peu maniaque sur ça. Pour moi, la cuisine est un art. On commence par s'équiper de tabliers. Rebecca a troqué ses talons hauts et robes cintrées pour un *jean flare* et un simple *sweat* blanc. Elle est certes moins apprêtée mais elle conserve une élégance folle. On sort tout ce dont on aura besoin. Et on attaque. Je lui laisse la préparation de la pâte levée feuilletée avec l'aide de monsieur robot-pâtissier et de ma fiche recette. Je reste près d'elle pour l'aider. À vrai dire, on n'a pas le choix vu la taille de ma cuisine ! J'assemble et malaxe la pâte à biscuit pendant ce temps-là.

— Tu as une recette pour chaque biscuit ? me questionne-t-elle.

— En fait, tu as la même base pour la plupart, la pâte sablée. Ensuite, tu varies les goûts et les saveurs. Expérimente toujours avant de faire goûter. J'ai eu de gros ratés.

— Comme ? demande-t-elle.

— Le mélange chocolat et fleur de rose. C'est une saveur florale très particulière et tout le monde n'adhère pas. Tu choisis un Bêta, un testeur, et c'est à lui que tu réserves tes essais. Il faut qu'il soit honnête. En ce qui me concerne, c'est Manu.

Rebecca est très concentrée et ne rate pas une mesure. Il faut dire que la pâtisserie n'admet pas l'approximation.

— Qui t'a appris ?

— Personne en particulier. Je me suis mise à cuisiner chez Manu pour ne pas être une charge et j'ai remarqué que j'aimais ça. Cela me détendait.

— Pourquoi n'en as-tu pas fait ton métier ?

— En faire en grande quantité tous les jours, ça m'en aurait dégoûtée. C'est plus un loisir qu'une passion. Je lui mets un coup de cul, si, si, un coup de fessier. Vous avez bien lu.

— Et toi, comment se fait-il que tu ne cuisines pas ?

— Je me fais des choses de base mais rien d'élaboré. Je n'aime pas cuisiner, mais j'adore déguster.

— Ça, j'avais remarqué !

Sur ces mots, elle me lance un peu de farine, j'en fais autant. Je crois que deux ou trois autres choses ont volé.

On met la pâte levée feuilletée à reposer jusqu'au lendemain et dépose ma pâte à biscuit à figer au frigo au moins trente minutes. Du coup, on s'attaque au fondant à quatre mains. Elle se débrouille bien et je lui montre quelques astuces. Il est enfourné en moins de vingt minutes. Nous enchaînons avec le *cake* citron pavot, dont la simplicité étonne Rebecca. Parfois, le plus simple est le meilleur. Nous le plaçons au four avec le fondant. Pendant la cuisson, on se prend une pause sur mon canapé avec des cafés. Il sera temps, après, de passer au façonnage et à la cuisson des biscuits. On est complètement affalées sur le sofa comme si nous avions abattu un travail de forçat. Juste en se regardant, on rit. Une véritable complicité est née entre Rebecca et moi. De celles que j'ai avec Aurélie ou Manu. Pourtant, ce n'était pas gagné au départ ! Je suis ravie de ne pas m'être bornée à mes ressentiments et à ma colère. J'attrape mon portable et fais un *selfie* de nous, pliées de rire et les cheveux remplis de farine. On se prend au jeu, on en fait aussi avec des grimaces. On sort nos gâteaux quand le minuteur se met à sonner. Puis, on s'y remet. « Pas de repos pour les guerrières. » On se met à découper les biscuits et à les enfourner. Tout s'enchaîne comme si nous avions toujours cuisiné ensemble. Rebecca ne lâche pas sa méthode du faire parler et m'interroge.

— Tu te sens prête à montrer la nouvelle toi à tes amis dimanche et au travail lundi ?

— Tu n'accompagnes pas tes clients dans la reprise de leurs activités ? Oh, quel manque de professionnalisme ! m'insurgé-je.

— Je ne suis pas parfaite, mais presque, dit-elle avec un sourire mutin.

— Je pense que ça ira et j'ai hâte de voir la réaction des gens.

— Une personne en particulier ?

— Disons que j'ai une tablette de chocolat sous les yeux depuis deux ans sans pouvoir la toucher. J'ai très envie de voir si Thomas sera sensible à ma nouvelle apparence.

Les biscuits cuisent rapidement. On en goûte un tout juste sortie du four. Il faut toujours valider ses préparations. Je suis certaine que vous êtes d'accord sur ce point. Mon maillot de bain est en total désaccord avec mon point de vue, mais on lui ne demande pas son avis.

Rebecca me quitte sur le coup de dix-huit heures. La soirée se passe tranquillement entre mon portable et la télé. Je n'ai plus assez d'énergie pour faire autre chose. Je commence par envoyer le *selfie* pris plus tôt à Manu accompagné de : « Attentat en cuisine, pas de mort, deux blessées à la farine sont à déplorer. » Puis, je réchauffe ma blanquette de veau, que j'ai congelée la semaine passée en parts individuelles. C'est tellement bon ! Manu bosse beaucoup sur les tirages de son expo, il est très minutieux. Il ne veut rien lâcher, chaque détail doit être vérifié avec une loupe. Lui aussi a un côté maniaque. Il me répond quand je me prends une prune en dessert : « Quel fantasme masculin ! Deux femmes qui se battent en cuisine pour nourrir un homme. Je rêve d'un plan à trois ! » Je lui renvoie : « Uniquement si tu mets ton *string* léopard ! » Dans la minute qui suit, il renchérit : « Il ne sort que lors de grandes occasions. » Notre échange dure jusqu'à presque minuit. Manu s'engage à passer la journée du lendemain avec moi, comme promis, et on se quitte pour dormir.

Jour 6

La journée du samedi passe aussi vite qu'un TGV. Le matin, je m'occupe de la pâte à croissant avant de partir flâner dans les jardins parisiens avec un Manu équipé de son appareil. Il sort rarement sans. C'est comme une extension de son corps. Je m'étonne quand il n'en apporte pas. Il ne manque pas une occasion de faire des photos. Parfois, je ne comprends pas ce qu'il *shoote* car je ne vois rien de spécial. Puis, quand il me montre le résultat sur son écran, j'aperçois la scène d'une autre manière. Tout est identique et en même temps différent. C'est une expérience vraiment intéressante et je ne m'en lasse pas. Son regard sur les choses tend à les magnifier. On rentre à l'appart pour déjeuner tranquillement, puis on repart pour une séance de cinéma. Un bon *blockbuster* ne fait de mal à personne ! On prend ensuite l'apéro en terrasse. Habituellement, c'est Manu qui a droit aux œillades de ces demoiselles. Aujourd'hui, je me fais clairement reluquer. J'adore, c'est grisant ! Lui, derrière ses lunettes de soleil, reste silencieux. Je pense qu'il est fatigué. Je lui propose donc de rentrer dîner à l'appartement. On passe la soirée à regarder la télévision et à se chamailler comme des gamins. Manu reste dormir avec son ami le canapé et je rejoins mon lit avec plaisir. Je suis éreintée ! Cette semaine a été pleine de surprises. Je souhaite que ma nouvelle vie soit à l'image de ma semaine : pleine de rebondissements, heureuse, passionnante, amusante… Je ne veux plus me laisser aller à la dérive. Je reprends ma vie en main. Même s'il est parfois bon de déposer les armes, je ne le ferai plus. Je veux plus, plus de tout.

Dimanche

Je me lève très excitée à l'idée de revoir mes amis. J'ai hâte qu'ils voient le résultat de leur plan machiavélique. Je prends mon temps pour me préparer. Quand je me regarde dans le miroir, je suis satisfaite du résultat. Je sors de la salle de bains où je crois ne jamais avoir passé tant de temps. Manu, qui met la table, s'arrête en m'apercevant.

— Tu veux tous nous tuer ?

— Un par un jusqu'au dernier ! dis-je en minaudant volontairement.

La porte ne tarde pas à s'ouvrir. Nos amis entrent et chacun m'observe. Prise au jeu, je défile et tourne pour montrer à tous mes progrès. La porte sonne et je sais déjà qui est derrière. Rebecca nous rejoint et récolte quantité de compliments pour le travail accompli. Ce *brunch* dominical se passe très bien et se termine tard. Une fois tout le monde parti, il ne reste que Manu, la Bestiole qui dort tranquillement sur mon lit et moi. Je me demande pourquoi je m'entête à lui acheter des coussins et autres paniers. Je lui ai même pris un mini-canapé, une fois. Je pensais naïvement qu'il adorerait, mais non. Ce chat préfère le grand avec Manu, de préférence. Je referme la porte et je m'appuie dessus. Je suis crevée. Je souffle un coup. Mon ami me regarde et ouvre grands les bras. Je m'y réfugie avec plaisir. On passe la soirée sur le canapé. Il regarde un film et moi, je lis la tête posée sur ses genoux. Demain est un autre jour, je reprends le travail. Je n'ai pas envie d'y penser pour le moment. Je profite du calme et de la douceur de cette fin de soirée.

CHAPITRE 4

« Ce que la chenille appelle la mort, le papillon l'appelle renaissance. » Violette Lebon

Suzy

Je suis regonflée à bloc. C'est lundi, je reprends le boulot avec mon nouveau style et ma nouvelle assurance. Je me sens si forte que j'ai l'impression d'être une personne totalement différente de celle qui passait ces portes, il y a à peine huit jours. Ce *coaching* a quelque chose de magique. Je rejoins Aurél au bas de l'immeuble. Elle me siffle et pose sur moi son regard appréciateur.

— T'es canon, pétasse ! dit-elle, tout sourire, en me prenant par la taille. Prête à dégommer de la Sarah ?

— Je vais la bouffer ! dis-je en pouffant.

Je porte une robe rétro noire cintrée en haut et évasée à partir de la taille grâce aux plis. Le tout agrémenté d'une ceinture et de Stiletto rouge. Dans l'ascenseur, Aurél me confie qu'elle s'est occupée de Dominique, le sans-abri de la rue. Elle lui a apporté des *sandwiches* de temps en temps. Cependant, il aurait mentionné que ce n'est quand même pas pareil, quand c'est elle. Nous décidons de passer le voir au déjeuner. Une fois à son étage, Aurél me laisse et s'en va rejoindre ses livres de comptes. À mon arrivée, je vois se poser sur moi tous les regards. Sarah est à son bureau. Elle se lève pour mieux m'observer, place sa main droite sur sa hanche et lève un sourcil dédaigneux. Thomas, quant à lui, est près de la machine à café, habillé d'un pantalon gris clair et d'une chemise blanche dont le dernier bouton n'est pas fermé. Il est toujours aussi beau ! Il m'observe avec un éclair de malice dans les yeux. Je crois bien que c'est la première fois qu'il me regarde ainsi. Je vais m'installer à mon bureau en lançant un bonjour joyeux et sonore. Je sais que cela énerve la princesse. Alors, je le fais tous les matins où j'arrive après elle, ce qui est rare. C'est étonnant, d'ailleurs, qu'elle soit là si tôt. Thomas s'approche de moi de sa démarche féline à tomber. S'il est un lion, je veux bien être sa proie. Oh la la, j'ai chaud !

— Bonjour, Suzy, vous êtes très en beauté. Cette robe vous va à ravir. Ne changez rien, me dit-il avec son sourire charmeur.

Je sens mes jambes flageoler. Je m'assois aussi élégamment que possible afin de ne rien laisser paraître du trouble qui m'habite. Je le remercie et demande quelles sont les nouvelles de la semaine tout en allumant mon ordinateur.

— Quand vous aurez checké vos *mails*, vous viendrez me voir dans mon bureau. Il faut que l'on débriefe. C'est vous qui ferez la présentation chez Talion, cet après-midi.

Je hasarde un regard vers Sarah, qui se rassoit lourdement dans son fauteuil en soupirant.

— Oui, monsieur. J'en serai ravie, dis-je en feignant la confiance.

Je ne sais pas ce qu'ils ont fait sur le dossier en mon absence. Comment je vais rattraper mon retard ? Je démarre mon ordinateur et j'ai peu de *mails*. Je regarde la boîte de réception du service. Je suis sidérée de voir qu'elle contient deux cent trente-six courriers électroniques non traités. J'en ai au moins pour deux jours !

Thomas passe la tête hors de son bureau et gronde : « Laissez les *mails* de la boîte générique. Sarah va s'en occuper ! »

Puis, il l'interpelle :

— Au vu de votre inefficacité de la semaine dernière, vous pouvez vous en occuper. Non, que dis-je, vous allez le faire. Pour info, ce n'est pas une question.

Puis, il ajoute plus doux :

— Suzy, je vous attends.

Je ne sais pas ce que Sarah a fait ou pas, la semaine dernière. L'atmosphère entre les deux est tendue. Sainte Sarah est devenue *persona non grata*. Quel retournement de situation ! Avant d'aller dans le bureau de Thomas, je réponds au *mail* d'Aurélie disant qu'elle est heureuse que je sois revenue et que je lui manquais par : « Sarah zéro, Suzy trois. Beau gosse *in love with new me*. Xoxo. » Je vous le traduis : « Sarah n'a plus la cote auprès de Thomas, qui ne semble voir que moi. » Puis, je me lève en prenant mon air triomphant et marche en me concentrant pour ne pas trébucher. Il serait dommage d'écorner ma nouvelle confiance en moi ! J'entre dans le bureau de l'homme qui hante mes fantasmes depuis presque deux ans. Thomas me fait asseoir et me raconte qu'ils n'ont rien modifié à mon dossier, qui était parfait en l'état. Ouf, cela sera plus simple pour la présentation à monsieur Durray ! Il m'apprend que PDG Mamour a demandé à ce que je la fasse accompagnée de mon chef. Le déjeuner de la semaine passée a dû jouer en ma faveur.

J'ai enfin la chance que j'espérais. À moi de cartonner ! Nous parlons pratiquement deux heures du dossier sans que je bégaye ou rougisse. Les jeux de Rebecca pour vaincre ma timidité ont fonctionné. Je suis une nouvelle moi. Je dirai plus, je suis une version améliorée de moi. Cependant, dans le fond, je reste Suzy. À la fin de la discussion, je me lève pour partir. Thomas attrape mon bras avant que je n'empoigne la porte, son parfum est enivrant. J'aime qu'un homme sente à la fois le parfum et son odeur à lui. Si cette odeur m'est désagréable, il est classé dans les dossiers sans suite. L'odeur de Thomas est musquée, virile. Le parfum qu'il porte l'enrobe de douceur. Son regard me transperce.

— J'espère que nous pourrons discuter tous les deux après la présentation, déclare-t-il.

Dites-moi que c'est une invitation ! Je crois que je rêve ! Non, c'est bien ça. Il m'invite, moi, Suzy. Je vais jouer l'ingénue.

— Nous aurons tout le temps demain pour en reparler, je me tiens à votre disposition, réponds-je aussi calmement que je le peux.

— Je pensais plutôt à ce soir, autour d'un verre, Suzy, répond Thomas.

Si je dis oui de suite, c'est trop facile. Après tout, cela fait deux ans que j'attends cette invitation. Si je dis non, j'ai peur de le vexer. Je sais qu'il est susceptible. Je dois être fine. Le faire mijoter un peu, tout en lui faisant comprendre que je ne refuse pas et qu'il a peut-être de la concurrence.

— Je suis déjà prise, ce soir. Néanmoins, nous pourrions en discuter demain autour d'un déjeuner ou d'un dîner, selon votre *planning*.

— Je préfère un dîner. Suzy, s'il te plaît, appelle-moi par mon prénom et tutoie-moi quand nous ne sommes pas en clientèle. Ce formalisme entre nous est superflu, me murmura-t-il près de mon cou.

Depuis quand ? Oh, peu importe. Son souffle dans mon cou est une délicieuse torture. Oh, je crois que je deviens folle ! Si j'avais su avant que ce *coaching* m'apporterait tant, je l'aurais fait plus tôt !

— Bien. Nous partirons directement du bureau, demain. Bon appétit, Thomas, minaudai-je.

Mon *boss* m'ouvre la porte et me lance, devant le regard médusé de Sarah : « J'attends demain avec impatience ! » Si les yeux de la princesse pouvaient tirer, je serais morte. Je n'en reviens pas ! Moi, Suzy, je vais dîner avec Thomas, dont le *sex-appeal* dépasse de loin, de très, très loin celui de tous mes ex réunis. Je vous ai déjà dit à quel point il ressemble à un *top model*. Vous savez, le genre de mec sur qui on fantasme ! Généralement, on ne sort pas avec. On ne joue pas vraiment dans la même cour. C'est comme si, au lycée, j'étais passée du *club* des *geeks* où on est inintéressantes, moches, affublées de lunettes et d'appareils dentaires, au *club* des gymnastes courtisées, belles, puissantes et inaccessibles. Il est temps de déjeuner. Je reste fidèle à mes habitudes et passe prendre Aurélie. Nous décidons de commander un menu à emporter afin de nous installer dans le petit parc au bout de la rue. Celui où Dominique, mon sans domicile fixe, se pause quand il fait beau comme aujourd'hui. Quand j'arrive au jardin public, je le vois sur les marches de la petite chapelle qui est au centre. Elle est fermée au public depuis longtemps, mais elle est toujours entretenue par la ville de Paris. On voit régulièrement des ouvriers venir nettoyer ou refaire la façade. De l'intérieur, je n'ai rien vu. De l'extérieur, on devine le caractère simple et solennel du temple. Dominique ne me reconnaît que lorsque je suis à sa hauteur. Il siffle d'admiration.

C'est un homme de quarante-neuf ans, un ancien docteur. Il avait un cabinet, sa femme prenait les rendez-vous et s'occupait de tout l'administratif. Elle est morte dans un accident de voiture. Et il a perdu pied. Il n'allait plus travailler car les lieux étaient empreints d'elle. Il a quitté son appartement pour les mêmes raisons. Très vite, il s'est marginalisé. Je sais qu'il a beaucoup bu. Il m'a dit un jour qu'il croyait pouvoir la rejoindre en se tuant à petit feu. Je crois bien qu'à un moment, il a pensé en finir de manière plus rapide. Je ne saurais dire ce qui l'en a dissuadé. Quand je l'ai rencontré, il ne buvait plus. Il tentait d'instaurer des rituels simples dans sa vie. Aujourd'hui, il accepte de dormir au foyer, grâce à mon plaidoyer, cet hiver. Il a repris un peu de poids. Cependant, ses yeux conservent cette lueur de tristesse que j'y ai lue la première fois que je l'ai vu.

— Ma petite dame, voilà une vision fort agréable ! J'ai cru un instant que vous m'aviez relégué au rayon des vieux débris, dit-il de sa voix rocailleuse.

— Jamais je ne pourrais, Dominique. Et que ferais-je de ce menu supplémentaire que m'a offert la boulangère ?

— Cette boulangère est bien généreuse depuis que je vous connais ! me répond-il, sourire aux lèvres.

— Chut ! Je crois qu'elle est lesbienne ! lui confié-je tout bas, un petit sourire aux lèvres.

Nous rions tous trois de bon cœur. Nous restons un moment avec lui pour prendre de ses nouvelles. Il me demande de lui raconter ma métamorphose. Je lui explique qu'une magicienne ne délivre jamais ses secrets. Nous le laissons pour avaler notre *sandwich* entre filles et parler de la matinée. Je ne saurais dire qui d'Aurélie ou moi est la plus excitée par le dîner de demain. Elle insiste même pour passer chez moi, ce soir, afin de m'aider à choisir ma tenue. Je lui demande si elle sait ce qui s'est passé avec Sarah. Elle m'explique qu'elle ne voulait pas m'en parler, la semaine dernière, de peur que je vienne à son secours. Elle dit qu'avec mon cœur de *boy-scout*, j'aiderais même le diable. Il semblerait que les cris de Thomas aient commencé dès le lundi. Elle est arrivée tard et il s'est rendu compte qu'elle ne savait absolument rien sur les dossiers en cours. Il a passé le début de la semaine à lui crier dessus, à s'en plaindre auprès des RH et des autres services. Au point que les étages inférieurs et supérieurs se sont demandé s'ils devaient appeler la police. Puis, dès le mercredi, il a abandonné. Aucun meurtre n'ayant été commis et les reproches ayant cessé, personne n'est venu sauver Sarah. Nous revenons pour treize heures au bureau. L'heure suivante, avant de partir pour les bureaux de Talion, je la passe à imprimer et revoir le dossier. Je le connais sur le bout des doigts. Tout se passera bien. Même si j'ai sympathisé avec monsieur Durray, il est connu pour ne jamais faire de passe-droit. Sur le chemin, Thomas reste concentré sur la route et moi sur ses mains. Je suis incurable ! Arrivé à destination, il se tourne vers moi.

— Prête, Suzy ? demande-t-il

Pour toute réponse, je respire à fond et lui donne un oui franc. Alors que l'on avance vers l'accueil, je fredonne dans ma tête « Et c'est parti pour le *show* ». Je me sens comme une Amazone à la conquête d'un nouveau territoire ou juste avant une bataille. En moi, se disputent deux sentiments : la peur et l'excitation. C'est délicieusement grisant ! Monsieur Durray nous attend devant la salle de réunion et nous salue poliment. Un éclair de malice passe dans ses yeux. Il prépare quelque chose. Il avait le même regard à la dernière présentation quand il s'en était pris à Sarah. J'espère qu'il sera plus tendre avec moi ! Nous entrons, nous installons. La configuration est quasi identique à celle que nous avions la fois précédente. Thomas et moi face à monsieur Durray. Je lance le PowerPoint quand il m'interrompt poliment.

— Il manque une personne. Pourriez-vous patienter un instant, s'il vous plaît, *Miss* Bright ?

— Bien entendu, dis-je en me rasseyant.

C'est le moment que choisit le très élégant Sam pour faire son entrée. Aussi à l'aise qu'au restaurant, il nous salue un à un, puis se place au côté de son directeur. Je me lève et je commence mon discours. Le calme règne et tous m'écoutent avec attention. Sam acquiesce de la tête de temps à autre pour marquer son accord et monsieur Durray prend son air pensif. À la fin de ma présentation, je demande s'ils ont des questions.

— À vrai dire, je suis convaincu par vos arguments, *Miss* Bright, depuis notre dernière entrevue. Je savais que cela venait plus de vous que de votre collaboratrice. Je ne souhaite plus avoir à faire à elle, dit monsieur Durray en se levant. Qu'en penses-tu, Sam ?

— Cette solution est la meilleure proposée. Il en va de l'intérêt de l'entreprise sur le long terme, répond Sam.

— Nous sommes ravis de collaborer avec vous, réplique Thomas.

Le regard et la posture triomphants de Thomas me laissent penser que j'ai été plus qu'à la hauteur. Nous nous dirigeons vers la porte de sortie. Puis, nous nous arrêtons pour les traditionnels serrages de mains. Monsieur Durray ajoute tout net : « On se voit toujours ce soir pour négocier le nombre exact d'intervenants dans le cadre de cette proposition ? Sam nous accompagnera lors du dîner et je ne voudrais pas déséquilibrer la table. Pourriez-vous, s'il vous plaît, convier une amie ? » Le regard de Thomas se fait interrogateur. Je ne me souviens pas avoir prévu quoi que ce soit avec lui et encore moins pour ce soir. Je n'ai pas vraiment le choix : ayant dit à Thomas que j'étais prise, je suis au pied du mur.

— Je convierai mon amie Rebecca, si elle n'est pas prise. Je la contacte en sortant.

— Je peux me joindre à vous pour en discuter, s'empresse d'ajouter Thomas.

Il serait normal, dans un repas d'affaires, de le convier. Cependant, je n'ai pas l'impression que cette invitation se classe dans cette catégorie.

— Je ne souhaite négocier qu'avec *Miss* Bright. Elle vous fera un compte rendu, j'en suis certain. Son professionnalisme est exemplaire. J'oubliais, voici ma carte. Merci de me confirmer par SMS votre venue et celle de votre amie. Je compte sur vous, répond monsieur Durray.

Je vais devoir annuler avec Aurél. Je sais qu'elle comprendra. Thomas sourit et fait bonne figure. Cependant, je sens qu'il est en colère. Je crois que je vais sacrément me faire rabrouer, moi ! Je prends la carte que mon client me tend et me pare d'un joli sourire. Sur le parking, Thomas m'interroge :

— Pourquoi ne pas m'avoir dit que vous aviez rendez-vous avec lui ? Et pourquoi ne pas m'y avoir convié ?

— Il a demandé à ne voir que moi et je ne voulais pas perdre le client. Je vous en aurais parlé dès le demain, bien sûr. C'est un client exigeant. Il pèse lourd dans notre chiffre d'affaires. Je voulais le ménager, réponds-je à la hâte.

— Je comprends. Tutoie-moi, s'il te plaît, je ne le redirai pas. De plus, prends garde, ce soir. Je me méfie des clients qui veulent voir seuls mes collaboratrices. Au moindre geste déplacé, je veux que tu prennes un taxi et que tu rentres chez toi. Compris ?

Je suis surprise qu'il s'inquiète pour moi et extrêmement flattée. Arrivés au pied de notre immeuble, il délaisse le levier de vitesse pour mon genou, tourne son visage et me conseille à nouveau de faire attention pour ce soir. Sa main sur mon moi m'électrise, elle diffuse une douce chaleur que je ne veux pas voir partir. Quelques secondes passent avant qu'il ne se décide à l'ôter, puis à descendre de voiture.

— Thomas, je te rejoins. Je dois appeler mon amie pour voir si elle est disponible.

Il hoche la tête, me sourit et file. Son sourire me fait chavirer ! J'appelle Rebecca, qui décroche à la première sonnerie.

— Salut, ma belle ! Dis-moi, serais-tu par hasard disponible ce soir pour dîner ? la questionné-je.

— Je n'ai rien de prévu. Pour être honnête, je pensais lézarder dans un bain.

— Je te propose de dîner avec le beau monsieur Durray, qui demande après toi. Nous serons quatre, comme au déjeuner. Je crois que tu lui plais beaucoup.

— Pourquoi dis-tu cela ?

— Il m'a piégée pour être sûr que je t'invite, ce qui lui ressemble peu. Donc, c'est un oui ? demandé-je.

— Oui, pour toi.

— Menteuse ! J'ai vu vos regards et ce n'est pas pour moi que tu dis oui. Mais pour lui ! Je t'envoie l'adresse du restaurant et l'heure du rendez-vous, on s'y retrouvera. Bisou.

Je grimpe à mon étage et me mets à mon bureau. Je réfléchis à un message bien senti pour monsieur Durray. Je veux qu'il sache que je n'apprécie pas de me faire piéger et que Rebecca sera de la partie. Je prends sa carte et y lis son numéro de téléphone. Ah, je ne savais pas qu'il se prénommait Guillaume. Je pianote : « Contraindre une femme à dîner ne me semble pas la meilleure option pour séduire son amie. Rebecca sera présente. Merci de me communiquer l'adresse et l'heure. » En attendant sa réponse, je me mets au boulot et envoie un *mail* à Aurélie pour annuler notre apéro filles. Elle ne m'en tient pas rigueur. J'ai droit à une boutade pour toute réponse sur le fait que je deviens super demandée. Quelques minutes plus tard, je reçois deux messages : l'un de Manu, l'autre du patron de Talion : « Excusez à un homme aux abois qui se désespère de revoir cette douce apparition qu'est votre amie. Par pitié, ne lui en soufflez pas un mot ! Je promets de me faire pardonner. Par ailleurs, nous avons réellement à parler opportunités professionnelles. Rendez-vous au même resto que pour le précédent déjeuner à dix-neuf heures. Merci. » Je ne peux pas transférer le message en l'état. Je prends juste la dernière phrase et l'envoie à Rebecca. Je savais qu'elle lui plaisait. Il l'a regardée avec des yeux pleins d'envie. J'ouvre le message de mon meilleur ami : « Salut, beauté. Comment se passe la rentrée scolaire ? Le maître t'a déjà punie ou confisqué ton portable pour que tu ne me textotes pas ? » Et je lui réponds : *« Hello*, beau gosse. Bonne rentrée, pleine de surprises. Dîne avec copine ce soir et avec le prof demain. Tu dors à la maison mercredi ? » « Trop de boulot pour expo de samedi. Pas possible. Je compte sur ta présence », répond Manu. Le ton de son dernier message est différent, plus sec. Il doit être en plein boulot. Je lui confirme que je serai là et ne le dérange plus. Je sais que son expo sera un succès. Il est né pour faire de la photo et partager son regard du monde avec les autres.

L'après-midi passe si vite que j'ai l'impression qu'elle n'a duré qu'une poignée de minutes. Je pars plus tôt afin de rentrer prendre une douche et me changer avant de retrouver Rebecca au restaurant. Quand j'arrive, monsieur Durray, qui me demande de l'appelé par son prénom, Guillaume, et Sam sont déjà là. Ils se lèvent pour me saluer. Je croyais cette politesse perdue à jamais ! Voilà des *gentlemen* qui savent flatter une femme ! Rebecca entre dans le restaurant à peine trois minutes après moi. Le regard de Guillaume se pare alors d'une petite flamme. Il est déjà très séduisant, mais avec cette ardeur dans le regard, mon amie ne va pas résister longtemps ! Enfin, moi, je ne tiendrais pas. Je ne la connais pas assez pour savoir combien de temps elle fait courir un homme. Celui-ci, il ne faut pas qu'elle le laisse passer ! Je pense qu'il est parfait pour elle. Elle se glisse à notre table avec sa grâce féline.

— Mesdames, je suis ravie de vous revoir. Vous êtes très en beauté, lance Guillaume

Je devine que ce compliment ne s'adresse pas réellement à moi. Mais je le prends avec plaisir et le sourire. Rebecca en fait de même. Nous consultons la carte en silence. Le serveur vient prendre nos commandes et je sais qu'il faudra désormais occuper le temps. J'ai l'impression que Sam et moi tiendrons la chandelle toute la soirée. Mais il n'en est rien. Le dialogue est limpide et passionnant. Nous parlons de tout durant l'entrée. Au moment du plat, Guillaume me regarde avec attention. Puis, il me déclare : « En ce qui concerne la contingence du projet, j'aurai une modification à apporter. » Il s'arrête, attendant mon assentiment pour continuer.

— Je vous écoute.

Il jette un coup d'œil rapide à Sam et enchaîne : « Je souhaite créer un nouveau poste, celui de *solution manager*. Je ne souhaite pas que cette personne gère les anomalies informatiques, entendons-nous bien. Je veux quelqu'un qui cherche ou coordonne la résolution de problèmes de l'entreprise à haut niveau. Pour ce poste, il me faut une quelqu'un de dynamique, impliquée, imaginative et douée d'un sens moral et éthique développé. À vrai dire, la personne que je cherche, je l'ai trouvée et c'est vous, *Miss* Bright.

— Vous me faites une proposition d'embauche ?! dis-je, stupéfaite.

— C'est exactement ça ! répond Sam. En fait, cela fait un moment que l'on pense à ce poste mais nous voulions trouver la bonne personne. Et nous sommes persuadés que vous êtes celle qu'il nous faut.

Je ne sais ni quoi dire ni quoi faire.

— Vous n'êtes pas obligée de nous répondre tout de suite. Prenez le temps d'y réfléchir. Et quand vous serez sûre de votre choix, revenez vers nous. Il n'y a pas de date d'expiration à cette offre.

Je hoche la tête et Guillaume continue.

— Je vous propose un poste de *manager* à moyen-long terme. Je souhaite que vous constituiez votre équipe avec trois à quatre personnes. Mais je vous en laisse le choix et nous pourrons revoir ce chiffre ensemble. Que diriez-vous de cinquante mille euros par ans pour commencer ? Avec le jeu des primes et augmentations, cela évoluera vite, je vous rassure.

La vache ! Il me propose près de vingt mille euros de plus qu'aujourd'hui. Il doit s'être trompé !

— Vous êtes sérieux ?

— Je ne plaisante jamais avec l'avenir de ma société, *Miss* Bright.

— À quel genre de problèmes souhaitez-vous que je trouve des solutions ?

— Ceux d'organisation et de ressources que vous gérez déjà en partie avec votre poste actuel. Plus certains autres, comme mettre en place les circuits courts pour l'ensemble de l'entreprise, que ce soit pour la cantine ou les fournitures de bureau. C'est un gros travail de sélection de fournisseurs et de négociation de partenariats.

— Et qu'est-ce qui vous fait dire que je suis la bonne personne pour ce poste ?

— Vous vous souvenez de notre première rencontre, j'ai surpris votre patron vous qui vous sermonnait sur le parking. Il a insisté sur votre non-intervention et votre discrétion. Vous avez désobéi à ces deux recommandations. La première fois pour venir en aide à ma secrétaire en lui offrant vos mouchoirs et votre soutien dans un moment difficile. En effet, elle venait d'apprendre que son père gravement malade ne passerait pas la nuit. Elle se sentais mal car elle n'avait pas trouvé de billet d'avion. J'ai donc affrété un jet privé et l'ai accompagné dans ce moment difficile.

Je le regarde, médusée : il m'a vue !

— Le fameux déplacement ? demandé-je.

Il confirme en hochant légèrement de la tête.

— La seconde fois, vous n'avez pas hésité à aider votre collègue alors qu'elle ne l'aurait jamais fait pour vous. Vous avez sauvé cette présentation et vous n'avez pas eu ne serait-ce qu'un regard de remerciement.

J'en reste un moment sans voix. Je pourrais faire tant de choses ! Le reste du dîner se passe comme un charme. Rebecca et Guillaume flirtent clairement. Au moment de se séparer, PDG Mamour propose, non, ordonne à Sam de me raccompagner. Lui se chargeant de Rebecca, bien sûr. Il y en a une qui n'échappera pas à un coup de fil demain pour lui soutirer les détails croustillants ! Certes, à chacun son jardin secret. Cependant, il y a des choses dont on peut parler entre amies au début d'une relation, pour se rassurer. C'est ainsi que je monte en voiture avec Sam. Je lui confie mon adresse. Le silence est pesant dans l'habitacle.

— Merci de me ramener, vous n'y êtes pas obligé. J'aurais pu prendre un taxi, dis-je.

— Guillaume est très protecteur, sachez-le. Il ne vous aurait pas laissé rentrer seule.

Un autre moment de silence s'installe. Cette fois, c'est lui qui prend la parole.

— Vous ne risquez rien avec moi. Je suis fiancé et mon ami est jaloux. Cependant, vous n'avez pas le bon sexe pour qu'il se sente en danger.

Je souris et lui indique que j'avais compris que son cœur était pris. Je vois son regard interloqué se poser sur moi. Alors, je lui explique : il n'a regardé ni Rebecca ni moi de cette façon qu'ont les hommes hétérosexuels de manifester leur volonté de séduction. Il est resté neutre. J'en ai déduit qu'il avait quelqu'un, peu importe son sexe. Un sourire étire ses lèvres. Il est sans contexte beau. Mais je ne trouve pas chez lui ce petit plus qui me fait chavirer. C'est une sorte d'attrait, pas quelque chose de physique. C'est élégance que je ne saurais expliquer tangiblement. C'est un tout que dégage quelqu'un. Même une personne commune physiquement peut avoir un charme inouï. Arrivés au bas de mon immeuble, je vois la fenêtre de mon appart. Elle est éclairée, signe que Manu est là. Je le croyais trop occupé à cause de son expo ! Sam interrompt mes pensées.

— Guillaume veut vraiment vous recruter. Il est important pour nous d'avoir des personnes de qualité pour nous aider. Le développement de la société est tel qu'il envisage des ouvertures de filiales à l'étranger. Il devra s'y rendre pour des périodes parfois longues. C'est pour cela qu'il souhaite avoir ici une équipe sur laquelle il puisse compter. Et vous en faites partie.

— Bonne nuit, Sam. Encore merci, et je vais réfléchir à tout cela, promis. À bientôt !

Il me souhaite aussi une bonne nuit avant que je ne rentre dans le *hall*. Je grimpe les marches, entre dans mon chez-moi. La Bestiole se rue sur mes chevilles, tapissant mes bas de poils. Manu a sa mine des mauvais jours.

— C'était comment ? me questionne-t-il.

— Talion souhaite me débaucher. Je n'en reviens pas moi-même !

— Je croyais que tu dînais avec Rebecca, lança-t-il durement.

Son ton est sec et ses yeux sont froids.

— Elle était bien présente. Ainsi que le directeur général et le responsable communication de Talion, mon client. Tu m'as l'air bien énervé. C'est ton expo qui te met dans cet état ?

Comme piqué, il secoue la tête et s'excuse. Son expo l'angoisse, visiblement. Il est tard et nous sommes tous les deux fatigués. Il retrouve mon canapé et moi mon lit. Pour la première fois depuis longtemps, on se couche fâchés.

CHAPITRE 5

Suzy

Le lendemain, quand je me lève, Manu est déjà parti. Sur le frigo, je trouve un mot : « Désolé, ma Suzy, j'ai trop de boulot et de *stress* avec cette expo. On se voit samedi. Bisou. »

Oh ! mon Manu, ce n'est pas grave. Un petit texto rassurant : « T'inquiète, quéquette, tu vas cartonner et tous les charmer. Compte sur moi pour samedi. » J'allume la radio, mets la musique à fond. Je déjeune en me dandinant. Il y a des musiques qui appellent à la danse, d'autres qui inspirent, d'autres plus tristes qui vous remuent au plus profond. Aujourd'hui, j'ai envie de bouger. Je me sens chanceuse. C'est vrai, je commence à l'être, non ? Je me trouve plutôt jolie, Thomas s'intéresse enfin à moi et à mon travail. On m'a même fait une vraie proposition d'embauche. Sam m'enverra la fiche de poste, un contrat et une proposition budgétaire pour avoir une équipe rien qu'à moi. Je n'en reviens pas de tout ce qui a changé dans ma vie depuis mon anniversaire ! Une fée s'est penchée sur moi, la fée Rebecca. Elle va rire quand je lui dirai ça ! À ce propos, il faut que je l'appelle, dans la journée. Je suis curieuse de savoir si la soirée s'est bien terminée avec le prince charmant. Guillaume en a tous les atouts. Il est beau, riche avec des valeurs humaines incroyables et un charme incontestable. Si, pour moi, Thomas représente mon rêve fait homme, j'espère que Guillaume représente celui de Rebecca. Après son histoire ratée avec son ancien fiancé, je pense qu'il fera un très bon candidat à la conquête de son cœur. On ne peut pas savoir si les sentiments suivront la raison. Pourtant, j'ai bien senti une alchimie et une attirance entre ces deux-là. Je croise les doigts pour que cela se confirme.

Sur le trajet, je suis tentée d'appeler Manu. Je n'en fais rien. Je ne veux pas le perturber dans ses préparatifs. J'en profite pour appeler Becca. Elle semble heureuse mais n'a pas trop envie d'y croire. Je dirais qu'elle a peur de souffrir à nouveau. Je comprends parce que moi aussi, je me protège tout le temps. Quand on a souffert, on reste sur nos gardes. Si Guillaume persiste et lui prouve son attachement, elle le laissera approcher son cœur. Et si elle le lui donne, elle le fera entièrement et pour toujours. Pas de croustillant, apparemment. Je sais, vous n'attendiez que ça ! Moi aussi, mais je me fais une raison. Devant mes bureaux, je décide de passer à ma brasserie préférée commander un *cappuccino* et un *donut*. Je prends un café crème en plus pour faire une surprise à Aurélie. Elle ne mange jamais de gâteaux le matin. Aujourd'hui n'est pas un jour comme les autres, alors je décide de lui offrir aussi un *donut*. Et j'en ajoute deux pour Dominique. Le serveur me dit qu'il est derrière la brasserie, dans la contre-allée. Il les lui donnera pour moi avec un café de sa part. Au fil du temps, les commerçants ont créé une chaîne de solidarité autour de lui. Il faut dire qu'il est gentil et toujours prêt à aider. Je passe au bureau d'Aurélie et sa collègue m'indique qu'elle est en réunion. Elle sera de retour dans dix minutes. Ne pouvant attendre, je lui dépose son déjeuner surprise devant son PC avec une petite note : « T'es trop maigre, mange ! Rendez-vous à midi. Xoxo, ta poulette. » Quand j'arrive, je constate à nouveau que Sarah est présente. Je crois que les choses changent aussi pour elle. Je ne pense pas qu'elle aime ce qui lui arrive autant que moi.

— Bonjour, Suzy ! dit Thomas en sortant de son bureau pour aller se prendre un café — il est incroyablement beau et sûr de lui ! Veux-tu un café ? me propose-t-il.

— Non, merci. J'ai le mien, réponds-je.

— On peut se voir pour que tu me racontes ton entrevue avec le client ? Et je veux tout savoir ! Prends ta boisson avec toi.

Oups ! Comment je vais encore me sortir de là ? Je ne peux pas lui dire que son client souhaite me débaucher. J'acquiesce en cherchant une parade qui paraisse acceptable à ses yeux. En m'installant en face de son bureau, je sais que je n'ai pas d'autre choix que de mentir. D'ordinaire, je n'aime pas ça. Je pense néanmoins que parfois, la situation ne laisse pas d'autre solution. Thomas se pose sur le bord de son bureau face à moi et son parfum emplit la pièce. Son odeur me captive.

— Je t'écoute, me dit-il avec un petit clin d'œil.

Je vais fondre ! Il sait exactement l'effet qu'il me fait et en joue. J'en suis certaine ou je deviens folle ? Je n'ai jamais été très saine d'esprit. Il me donne envie de lécher ses lèvres, de les mordre et de m'insérer dans sa bouche. Il faut que je me concentre un peu, au moins pour mentir avec un peu d'assurance.

— Le dîner s'est bien passé. Il voulait réduire l'effectif de la proposition d'une ou deux personnes. Je lui ai fait comprendre l'importance de chacun, leur rôle. Je pense l'avoir convaincu, en fin de soirée. Nous sommes restés sur le chiffre avancé lors des présentations.

— Bien. Il n'a pas eu d'attitude déplacée ?

— Non. C'est un *gentleman*, réponds-je.

— Tant mieux. Pour ce soir, j'ai réservé au Milon. Nous pourrons y discuter plus tranquillement. Je te prends ici à dix-neuf heures ?

— Très bien.

— Je voudrais que nous parlions de notre collaboration. À ce sujet, on doit voir avec Sarah la répartition des dossiers. Tu peux l'appeler, s'il te plaît ?

Au moment où je me lève pour aller l'appeler, je me retrouve très proche de lui. Je peux sentir sa chaleur et nos visages ne sont qu'à quelques centimètres.

— Ces quelques heures avant notre rendez-vous vont me sembler très longues, me susurre-t-il à l'oreille en comblant l'écart entre nous.

Je suis presque dans ses bras. Il ne faudrait pas grand-chose pour que je le laisse me faire ce qu'il veut ici, sur son bureau. Ma respiration s'accélère légèrement. Il prend une mèche de mes cheveux pour la replacer. Ses yeux m'hypnotisent. Un petit sourire s'étire sur ses lèvres à ma réaction.

Je recule doucement d'un pas puis d'un second et invite Sarah à nous rejoindre. Thomas annonce qu'elle fera la préparation de trois dossiers sur quatre que nous avons à traiter, cette semaine. Or, deux me reviennent en présentation. C'est inédit. C'est moi qui prépare tous les dossiers et Sarah qui présente. Cela me surprend. Je n'aime pas l'idée de présenter un dossier que je n'ai pas mené, sur lequel je n'ai pas réfléchi. La tentation est tout de même grande de lui laisser mon travail. Après tout, elle n'a jamais eu de remords, elle ! Cependant, je reste fidèle à mes valeurs. Je demande à Thomas de me laisser préparer mes dossiers pour une question d'efficacité. Il me regarde avec le même petit sourire que lors de notre entrevue solo. Je ne me laisse pas déstabiliser et lui tiens tête. Il me cède. Sarah semble abattue, ce matin. Je n'agis pas par pitié. Il serait mauvais de me planter sitôt que l'on commence à me faire confiance ! Nous reprenons nos places à nos bureaux. Je commence par sortir les appels d'offres des dossiers que l'on m'a confiés et la fiche de chacun des clients. Dans celle-ci, on retranscrit tout ce qui peut servir. Cela va de l'histoire de la société au compte rendu de la dernière présentation.

— Ne crois pas que je te ferai de cadeaux. Bientôt, il se rendra compte que tu n'es rien et reviendra vers moi ! lance la perfide Sarah.

Il faut croire qu'elle est désespérée pour tenter un coup pareil !

— Qui essayes-tu de convaincre exactement ? réponds-je.

C'est fou comme elle ne m'impressionne plus !

Le reste de la matinée se passe dans un silence monacal. Au déjeuner, nous prenons nos repas dans une saladerie. Je prends un menu à emporter pour Dominique. Nous passerons le lui donner en retournant au bureau. Aurélie a l'air distante. Elle m'entend mais n'écoute pas, son esprit est ailleurs. Je me risque à l'interroger.

— Aurél, qu'est-ce qui ne va pas ? Et ne me dis pas que tout va bien. Je vois bien que c'est faux.

— Je… Euh… Je veux que Tristan me demande de l'épouser, répond-elle en regardant ses doigts, qu'elle triture. J'ai mis des magazines de mariage un peu partout dans l'appart et j'en parle de temps en temps. Je crois que ça ne l'intéresse pas.

— Je sais que ça fait longtemps que vous êtes ensemble, mais sait-il que tu souhaites te marier ? En avez-vous discuté ouvertement ? Je veux dire sans sous-entendus ? C'est un mec, il ne comprend pas les insinuations.

— Non. Je ne veux pas être la fille qui le harcèle pour avoir une alliance au doigt. C'est juste que pour moi, c'est évident. Et je voudrais qu'il en soit de même pour lui.

— As-tu envisagé de lui demander sa main ? demandé-je, très sérieuse.

— Quoi ? Non, c'est à lui de me la demander !

— Et pourquoi ? Tu es une femme qui s'assume et revendique son droit à l'égalité dans tous les domaines. Alors, pourquoi pas celui-ci ? Et puis, c'est très à la mode.

— Mais comment ? Pour un homme, ce n'est pas comme pour une femme. Je ne sais pas ce que je devrais faire, ni comment.

— On va y réfléchir toutes les deux et on va faire en sorte que ce soit un moment magique.

— Et s'il dit non ?

— Y a-t-il une seule fois où Tristan t'ait dit non ?

Elle sourit. Je lui promets d'y réfléchir. Dès que j'aurai une idée viable, je lui en parlerai. De retour au bureau, je travaille sur mon dossier quand une idée me vient pour notre plan « mariage ». Je ne peux lui en parler de suite. Il faut que je m'assure de quelques détails avant. J'envoie une série de textos classée top secret et me remets sur mon dossier. Je lui expliquerai tout demain. Thomas, ponctuel et, je l'espère, impatient, m'arrache à mon ordinateur, place mon manteau sur mes épaules et m'escorte jusqu'à l'ascenseur. C'est dingue comme ces cabines sont des boîtes à fantasmes ! Allez, avouez ! Ils vous donnent aussi des tas d'idées. Au parking, nous prenons sa voiture. Il s'excuse de la dégradation de l'ambiance au bureau. Il m'avoue être plus dur avec Sarah depuis mon absence. D'après lui, cela a remis les choses à leurs vraies places. Je suis très flattée. Je sens que c'était le but de la discussion et cela me chiffonne. La situation manque de sincérité. Je ne suis pas contre un ou deux compliments, mais il en fait trop depuis le début de la semaine.

Arrivée au restaurant, je constate qu'ils servent essentiellement des fruits de mer et du poisson. J'y suis allergique. Espérons qu'il y ait une viande ! Je scrute la carte. Ouf, ils ont une bavette d'aloyau ! Je suis étonnée par ce choix de restaurant, Thomas est censé avoir lu mon dossier personnel. On demande à tous les salariés de spécifier toutes allergies afin de ne pas se retrouver coincés en repas d'affaires. Chaque responsable se doit d'en prendre connaissance. C'est le règlement. Peu importe, je me concentre sur notre conversation, qui reste en tout point professionnelle. Je m'attendais à autre chose. Néanmoins, j'en profite pour le reluquer sans complexes. Les desserts arrivent et je me désespère. Soudain, Thomas prend ma main et j'ai à nouveau très chaud. Il aborde la question du petit ami. Je lui confirme que la voix est libre. Ce qui semble lui plaire puisqu'il affiche un sourire triomphant. Minute, papillon ! On ne va pas conclure au premier rendez-vous. Tu vas ramer un peu ! Cela fait deux ans que j'attends. Il n'est pas à quelques jours près !

— Puis-je te proposer de nous revoir vendredi soir ? me questionne Thomas.

— Navrée, je suis prise. Serais-tu libre samedi soir pour m'accompagner à un vernissage ?

— Bien entendu.

Il me raccompagne chez moi et nous convenons qu'il passera me prendre avant l'expo. Je suis sur mon petit nuage : Super beau gosse accepte de m'accompagner à l'expo photo de Manu. Devant la porte de mon immeuble, il se rapproche jusqu'à m'y coller. C'est quoi le truc des mecs avec les surfaces froides et les femmes ? Visiblement, ils doivent penser que ça nous met en transe. Ben là, j'ai juste froid ! Cependant, j'ai une petite idée de la suite et me sens délicieusement prise au piège. Il efface lentement les millimètres qui séparent nos lèvres. Quand elles se touchent enfin, le paradis m'ouvre ses portes. Il embrasse comme un dieu. Elles se séparent, il plonge son regard dans le mien et il arbore un sourire en coin qui me donne envie de mordre sa lèvre. Il repart à sa voiture avec une fierté non feinte. Je vais me coucher avec des rêves plein la tête. La Bestiole se colle à moi toute la nuit, elle est en manque de Manu. Il va aussi beaucoup me manquer d'ici ce *week-end.* On s'appelle et on s'envoie des messages. Cependant, on aime être ensemble. Il n'aura pas beaucoup de temps à lui avant la fin de semaine. Je sais comment cela se passe.

Le lendemain, j'annonce à Aurélie avoir un plan d'action. *Briefing* de la mission « mariage » prévu ce jour à douze heures zéro, zéro. Durant toute la journée et la semaine, Thomas continue son jeu de séduction au bureau à grand renfort de frôlements, œillades et main posée sur mon bras, mes reins quand je marche. Petit à petit, il instaure une intimité qui n'existait pas. À midi, trop impatiente, Aurél rompt avec nos habitudes et vient me chercher. Elle nous a réservé une salle de réunion pour déjeuner et surtout parler tranquillement. Elle a même commandé des plateaux-repas. C'est une reine de l'organisation ! Avec elle, les préparatifs du mariage ne seront qu'une formalité. Elle me presse de lui faire part de mon idée.

— Tout d'abord, tu dois me promettre que je serai ta demoiselle d'honneur. Sinon, je ne te dis rien.

— Qui d'autre cela pourrait être ? Arrête avec tes conneries et dis-moi tout, grogne-t-elle.

— OK, calme-toi. J'ai plus qu'une idée. En fait, j'ai un plan.

— Dis-moi ! me presse Aurélie.

— Bon, tu me laisses parler ? m'insurgé-je.

— Oui, excuse.

— Tu te souviens de mon jeune voisin que j'ai aidé pour les révisions de son bac ? — elle hoche la tête. Il bosse au Stade de France pour arrondir ses fins de mois. Et comme il me doit un service… Disons que vendredi soir, tu prends Tristan à la sortie de son bureau pour un dîner romantique en plein milieu de la pelouse du stade, qui sera aménagé et fermé rien que pour vous. Un chef, un ami de Becca, se charge du dîner. Il met à ta disposition le menu, un maître d'hôtel et un serveur. À minuit, les écrans géants s'allumeront, affichant deux mots et rien de plus : « épouse-moi ». Enfin, si tu es d'accord !

Elle me regarde mais ne dit pas un mot. Je suis en panique. Je l'appelle. Pour toute réponse, elle fond en larmes et me prend dans ses bras.

Le reste de la semaine se passe entre les manœuvres de séduction de Thomas, que j'apprécie énormément, et les inquiétudes d'Aurélie quant à la réaction de Tristan. Pour moi, la réponse ne fait aucun doute. Quand vendredi soir approche, je crois être aussi stressée que la future mariée. Je reste chez moi mais m'assure que chaque détail est en place. Pour les bagues, j'ai laissé Aurélie s'en charger. En effet, elle a décidé qu'ils auraient des bagues jumelles.

Elles sont unisexes tout en étant élégantes. Le maître d'hôtel m'enverra la réponse de Tristan par SMS. Je tue le temps en relisant pour la énième fois la proposition d'embauche de Guillaume quand le verdict tombe : un mariage sera célébré au printemps prochain.

Quand samedi arrive, dans ma tête, j'ai déjà la composition de mon équipe si je signais avec Talion. Je n'ai pas envie de quitter ma boîte. Mais c'est une opportunité qui ne se présente pas deux fois. Alors, j'y réfléchis sérieusement. Je n'ai pas dit un mot de tout cela à Thomas, même si nous avons déjeuné ensemble vendredi. Il a prétexté avoir à parler des dossiers en cours. En réalité, nous avons discuté de nos études et de notre vision de l'avenir. Disons qu'il a parlé et que j'ai écouté. Il tape à ma porte. En l'ouvrant, mon cœur à un raté. Il est vêtu d'un costume gris perle et d'une chemise blanche. Il ne manque que la cravate grise pour avoir une superbe reproduction de *Mister* Grey.

Manu

L'expo a commencé depuis seulement trente minutes et il y a déjà beaucoup de monde. Toute la bande est arrivée sauf ma Suzy. Elle fout quoi ? Bordel ! J'ai besoin d'elle ! J'ai du mal avec les courbettes. Habituellement, elle me prend par le bras et m'aide à aller vers chaque invité. C'est bien plus drôle quand elle est là parce qu'elle me glisse des petites vannes au creux de l'oreille. Je sais qu'elle va arriver. Elle m'a envoyé un SMS en partant de chez elle.

Ah ! la voilà ! C'est qui le mec avec elle ? Et de quel droit il la tient comme ça ? Je la vois aller d'une personne à l'autre avec ce type qui met sa main sur ses reins. Je ne sais pas qui c'est, mais je ne l'aime déjà pas. Elle porte une robe de soirée noire incroyable, longue et fluide avec une échancrure dans le dos. On dirait une *star* de cinéma enivrante et sensuelle. Elle me trouve enfin du regard et sourit. Suzy me rejoint, accompagnée de son toutou.

— Manu, tes photos sont magnifiques et l'inauguration est réussie ! Tu as beaucoup de monde ! Je te présente Thomas, mon chef et mon cavalier pour la soirée.

— Enchanté ! dit l'autre connard.

— Merci, Suzy.

Je lui tends la main pour voir s'il a la poigne franche. Il la serre mollement. Une personne sincère se présente avec assurance et fermeté. Alors que son salut traduit de la perfidie. Un connard, quoi ! Moi, jaloux ? Non, réaliste.

— Vous êtes un artiste ! Vos photos sont superbes !

Il va arrêter le lèche-cul ! Suzy le regarde avec admiration. Il ne fait que flatter l'*ego*. Je le remercie même si je n'en ai pas envie. Il part chercher un verre à Suzy et j'en profite pour lui parler.

— Depuis quand tu sors avec ce type ? demandé-je.

— Le début de semaine et c'est grâce à toi.

Je la regarde perplexe et elle ajoute qu'il la regarde autrement depuis le *relooking*.

Merde, il revient ! Tend son verre à Suzy et me lance un regard plein de suffisance. Il lui offre un *toast* au saumon frais. Suzy sourit et refuse en s'excusant de son allergie. Elle me regarde en levant légèrement les épaules.

— Je vous admire, vous savez ? La vie d'artiste n'a rien de facile. Il n'y a pas ou peu de perspectives d'avenir et les revenus sont très incertains. Personnellement, j'aime mon confort et savoir où je vais.

Ce petit con essaie de me rabaisser. Je vais me le faire !

— Je préfère être mon propre patron. Me déguiser en pingouin et faire des courbettes toute la journée, ça n'est pas pour moi !

— Manu gagne très bien sa vie, tu sais. Il commence à être connu et ne fait pas que de la photographie artistique, me défend Suzy.

Heureusement pour lui, Rebecca nous rejoint avec son ami, Guillaume. Elle me l'a présenté tout à l'heure.

— Je vous ai dévalisé, Manu. Il faut dire que vous avez une commerciale hors pair en la personne de Rebecca !

Il serre la main du toutou de Suzy. Je sais qu'ils se connaissent et au regard qu'il me lance, je sais qu'il pense que c'est un connard.

Pas du tout fait pour Suzy. Le fourbe enchaîne directement sur les affaires en cours avec Guillaume, qui lui fait savoir poliment et plusieurs fois qu'il n'est pas question de parler boulot quand il n'est pas au bureau. Mais Thomas insiste jusqu'à ce que Suzy l'envoie chercher un autre verre. Rebecca et Guillaume s'éloignent et j'en profite pour dire le fond de ma pensée à Suzy.

— C'est quoi ce guignol ?

— Ce n'est pas un guignol. Il est juste... Suzy cherche le mot adéquat.

— Juste carriériste, égoïste, calculateur et profondément mauvais.

— Tu ne le connais pas, tu ne peux pas dire cela !

— Parce que tu le connais, toi, peut-être ? Tu crois qu'il s'intéresse vraiment à toi, Suzy ? Que sait-il de toi ? Il ne veut qu'une chose, tu sais déjà ce que c'est. Et je ne parle pas de ton joli petit cul. Il veut juste continuer à t'exploiter !

Je crie si fort que les invités font silence et nous regardent. À cet instant, Suzy ressemble à un animal pris dans les phares d'une voiture. Elle est apeurée, c'est ma faute. L'autre boulet revient à ce moment, entoure sa taille de son bras. Il lui glisse tout bas et en me regardant qu'il va s'en aller pour ne pas gâcher la soirée. Il s'excuse auprès d'elle. Il sait parfaitement ce qu'il fait, ce con ! Elle le prend en pitié. Elle lui dit qu'elle part avec lui.

— Manu, je suis consciente que cette soirée puisse être stressante pour toi. Cependant, cela ne t'autorise pas à t'en prendre à Thomas ou à moi. Je ne suis pas là pour prendre des coups, me dit-elle très calmement. Je rentre et je te laisse avec les personnes que tu as envie de voir. Peut-être te comporteras-tu mieux avec elles ?

Puis, le connard l'emmène loin de moi. Les discussions reprennent et toute la bande vient me soutenir.

Suzy

Sur le chemin du retour, je reste silencieuse. Le ton et les paroles de Manu tournent dans ma tête. Devant mon immeuble, Thomas vient m'ouvrir la portière. Il passe son bras autour de mes épaules et me propose sa veste pour me protéger du froid. Je refuse, j'ai chaud. Je suis en colère. Il me réconforte et m'escorte jusque sur mon palier. Je n'ai pas envie d'être seule. Je ne veux pas qu'il parte. Je me penche de manière à lui chuchoter à l'oreille que je souhaite qu'il reste. Je n'ai pas besoin d'en dire plus. La lueur de chasseur s'allume instinctivement dans ses yeux. Je me tourne pour ouvrir la porte. Il en profite pour se coller à moi. De sorte que nos corps se touchent et que je sens l'envie monter en lui. Il m'enlace la taille et m'embrasse dans le cou. Mon point faible, j'adore ça ! Il m'électrise ! Je nous dirige tranquillement vers la chambre, profitant pleinement de cette douce torture. Je repère la Bestiole sur le canapé, calée entre les coussins. Elle dort en humant son parfum, celui du traître. Je sens la colère reprendre le dessus. Non, non, non, il faut que je reste concentrée sur ce que je fais ! J'attends ce moment depuis bien trop longtemps !

Dans la chambre, Thomas me fait prisonnière de ses bras contre le mur. On s'embrasse fougueusement et je glisse mes mains sous sa chemise. Je commence à la déboutonner. Il les bloque, recule et se déshabille doucement en braquant sur moi un regard brûlant de désir. Je l'imite lentement et tout en observant son corps d'apollon. Débarrassés de nos vêtements, nos corps, nos lèvres et nos langues se retrouvent et se cherchent. Cet homme est doué ! Je brûle littéralement, la chaleur irradie de l'intérieur de mes cuisses à l'ensemble de mon corps. Mon désir au paroxysme, Thomas m'oriente vers le lit. Je m'y allonge. Il prend un préservatif dans la poche de son pantalon et me rejoint. Il le place et me pénètre. Il commence lentement à me pilonner puis, de plus en plus vite. Je sens son sexe qui m'emplit, m'envahit. Thomas est concentré sur sa tâche comme s'il était primordial que tout soit exactement comme il le souhaite. Le plaisir le foudroie en pleine action. Je n'ai pas eu d'orgasme. Non pas que cela ne soit pas bon. Je ne sais pas, quelque chose m'a manqué. Il aurait peut-être fallu plus de caresses ou de partage. Je suis perdue.

CHAPITRE 6

Suzy

J'erre dans mon appart à quatre heures du matin, alors que j'ai dans mon lit un spécimen du genre beau comme un dieu. Qu'est-ce qui ne va pas chez moi ? Je dois vraiment avoir un souci. N'importe quelle autre nana serait ravie et moi, je suis déçue.

J'ai tant désiré cet homme ! Peut-être que je me suis leurrée moi-même ?

J'ai fermé la porte de la chambre pour ne pas le réveiller. Je pense qu'il ne percevra pas mon absence à ses côtés. Il s'est endormi peu de temps après que l'on ait fait l'amour. Il a juste placé ses mains derrière sa tête, et c'en était fini. On n'a pas parlé, il ne m'a pas câlinée et je ne l'ai pas fait non plus. C'est comme quand vous attendez Noël avec impatience en pensant à la liste de jouets que vous avez envoyée et que vous ne recevez rien de ce que vous avez demandé. C'est bof ! À vrai dire, le sexe aussi a été bof. Je n'ai pas eu de grand wouah, ni d'orgasme. Je m'installe sur le canapé avec un biscuit et un bon lait frais. Je me dis que c'est peut-être parce que je me suis fâchée avec Manu. La colère étant là, je n'ai pas réussi à lâcher prise et à apprécier le moment. C'est ça, c'est forcément ça ! J'ai raison, n'est-ce pas ? Je dois laisser une autre chance à Thomas, à cet homme sur lequel je fantasme depuis près de deux ans.

Je pose ma tasse sur la table basse et ma tête sur le coussin. Je ne dormirai pas sur le canapé, ça ne se fait pas quand on a un homme dans son lit. Je respire à fond cette odeur qui m'apaise toujours, celle de Manu. Même quand je suis fâchée après lui, c'est encore son odeur qui me rassure. Je retourne me placer au côté de Thomas, qui ronfle un peu. Je finis par me laisser porter par le sommeil. Quand j'ouvre de nouveau les yeux, il est en train de s'habiller.

— Bonjour, je ne voulais pas te réveiller. Tu dormais si bien !

— Je t'offre le petit déjeuner ou tu es pressé ?

— Avec plaisir, je ne pourrai pas rester mais je peux te consacrer une heure. Je déjeune chez mes parents, en banlieue.

— OK.

Je me lève et enfile une nuisette en satin noir, toute simple.

— Je te fais un café noir et sans sucre.

Je file à la cuisine et le lui prépare. Pour moi, cela sera la même chose avec beaucoup du lait. Il me rejoint.

— Veux-tu des biscuits ou quelque chose à manger ?

— Rien, merci. As-tu jeté un œil au dossier que je t'ai confié, vendredi ?

— Non, pas encore. On est en *week-end.*

— Tu as raison, mais je pense que ce client va te plaire. C'est un vrai *challenge.* C'est un coriace. Je sais que tu seras à la hauteur. Sors-nous une idée de ton chapeau et c'est gagné.

— Merci de ta confiance. Je peux compter sur ton aide, sinon.

— Bien sûr. On va le travailler ensemble et tu vas être ma meilleure commerciale.

Il m'explique alors comment il a lui aussi appris les ficelles du métier et comment il a fait ses preuves. Puis, il regarde sa montre, pose sa tasse.

— Faut que je file. Il y a toujours trop de monde sur le périph. On se voit au bureau ?

— Bien sûr, lui réponds-je alors qu'il se dirige vers la porte.

J'ai à peine le temps de le rejoindre qu'il l'ouvre déjà. Il se retourne et m'embrasse rapidement, presque mécaniquement.

Il est parti. Il me reste une sensation bizarre. Les mots de Manu tournent dans ma tête. Il ne faut pas que je lui donne raison. Allez hop, à la douche ! On a un *brunch* dominical à préparer et ils ne vont pas tarder. Avec l'expo, ils ont dû se coucher tard. Je n'attends personne avant au moins une heure. Mais ils seront là et on dissertera sur les photographies, comme d'habitude. La douche m'a fait du bien et j'y vois plus clair. Tout est de la faute de Manu. Il m'a fait douter. Je sais que Thomas est un homme carriériste. Mais il s'intéresse véritablement à moi. Avant que mes amis arrivent, je prépare une pâte à crêpes qui repose pendant que je lance un *cake*. Je le mets dans son moule et l'enfourne. Je sors aussi une pâte feuilletée maison que j'avais préparée il y a quelques jours, l'abaisse et la tartine de pâte pralinée. Je coupe mes triangles et hop, au four, sur une plaque, sous le *cake*. Je me lance dans la cuisson des crêpes. À la moitié de ma pâte, je sors les croissants au Nutella, qui sont cuits. Je les mets à reposer. Quand je n'ai plus d'appareil à crêpes, la bande arrive. Je sors le *cake* pour qu'il refroidisse un peu et lance la cafetière pour que l'on ait du café chaud. Je me retourne quand Tristan me dit que ça sent bon, chez moi. Tiens, il en manque un ! Devinez qui c'est !

— Manu ne s'est pas levé ? demandai-je.

Ils se regardent tous. Ce n'est pas bon signe.

— Quoi ? Qu'est-ce qui se passe ?

C'est Vivien qui prend la parole et m'indique que Manu ne préfère pas venir si Thomas est présent.

— Ce ne sont pas ses mots, n'est-ce pas ? les interrogé-je.

Vivien prend son portable et lit : « si l'autre pisseux arrogant est là, je ne viens pas ». OK, le ton est donné. Manu ne veut pas voir Thomas. Je respire un coup et je réponds : « Pas de problème. On a une bouche de plus, cette semaine ». Devant leurs regards interrogateurs, je me presse d'ajouter qu'il ne s'agit pas de mon *sex toy* humain du moment. Je crois qu'Aurélie n'avait pas envie de déjeuner avec une personne de notre boîte car elle soupire. Je ne le prends pas pour moi. Je pense qu'ils en sont tous soulagés. Ils n'aiment pas quand on se dispute, avec Manu. Je leur explique que Rebecca ne devrait pas tarder à arriver. Tristan propose d'en avertir mon meilleur ami pour qu'il nous rejoigne. Je lui indique mon opposition. Je prends mon portable et tape : « Quand tu t'y mets, t'es vraiment un crétin ! » Et je le lui envoie. Je ne vais pas le soutenir dans sa bêtise, tout de même ! J'ai le droit de fréquenter qui je veux ! C'est à cet instant que l'on sonne à la porte, je sais déjà qui c'est. Il n'y a que Rebecca pour utiliser ma sonnette. Aurélie va lui ouvrir et je la vois entrer, accompagnée de Guillaume.

— Je me suis permis d'inviter Guillaume. Cela ne te dérange pas ?

— Pas du tout. Il y en a assez pour un régiment.

Chacun, à part les derniers arrivés, sait ce qu'il doit prendre et où le prendre pour mettre la table. Toute la troupe est installée en moins de dix minutes. On mange, on rigole. Voilà un bon *brunch.*

Mais il manque quelqu'un…

Vers seize heures, tout le monde rentre chez soi. Je retrouve mon appartement calme et serein. Ils ont rangé avant de partir, comme d'habitude. Je prends mon portable pour voir si Manu m'a répondu. Mais, il n'en a rien fait. J'aurais voulu qu'il s'excuse, qu'on oublie tout. Cette fois, je ne m'excuserai pas pour quelque chose que je n'ai pas fait. C'est à lui de me demander pardon.

Plusieurs jours s'écoulent et l'attitude de Thomas est toujours la même. Il reste professionnel au bureau. Il m'a rejointe trois soirs, cette semaine. On discute boulot, on mange et on se câline. Si on peut appeler cela comme ça. J'aurais voulu en parler avec Aurél mais je la laisse au bonheur des préparatifs de ses fiançailles. Apparemment, une grande fête est impérative. Vous allez me dire qu'il y a Manu. Ben non, plus de nouvelles depuis la dispute de l'expo. On n'est jamais restés fâchés si longtemps. En plus, si je lui en parlais, je sais d'avance ce qu'il me dirait : de le quitter parce qu'il ne l'apprécie pas. Je pourrais en parler aux autres, mais je sais aussi qu'ils n'aiment pas Thomas. Il faut dire qu'il ne fait pas vraiment d'efforts pour se faire apprécier. Plus je passe de temps avec lui, plus je me demande ce que je lui trouvais pendant deux ans. Il est certes beau comme un dieu et j'admire son carriérisme. Mais il est égocentré. Il ne parle que de lui, du boulot et fait tout pour lui. L'exemple le plus frappant est nos parties de jambes en l'air. Rien de grandiose, rien de fou, d'excentrique ou peu importe. C'est classique, ennuyeux et morne. Il y a un peu de préliminaires, juste assez pour que je mouille. Puis, hop, il me pénètre et me pilonne jusqu'à ce qu'il jouisse. Il ne cherche pas vraiment mon plaisir ou à me faire plaisir. C'est comme si je ne comptais pas. Il baiserait avec une poupée gonflable que ce serait pareil ! Toujours la même position et toujours dans le lit. Dans mes rêves, il me prenait dans la cuisine, le salon, la salle d'eau… partout. J'ai pensé au début que mes attentes étaient trop grandes ou que les mots de Manu m'influençaient. Cependant, plus le temps passe et plus il me déçoit.

Une autre semaine se passe et pas de changements. Pas de Manu et pas d'orgasme. Rebecca et le reste de la bande viennent au déjeuner dominical. Ils m'informent des bonnes retombées de l'expo, du moral de Manu. Il ne m'a pas fait signe et je n'ai pas fait un pas vers lui. Je sais que seule ma fierté me retient.

Manu

Un mois sans nouvelles de Suzy. Enfin, pas tout à fait. La bande me tient informé. Tant que l'autre connard sera dans les parages, elle n'est pas prête de me voir. Putain ! Ce qu'elle me manque !

Suzy

Un samedi soir…

Thomas passe la soirée chez moi. La Bestiole l'attaquant régulièrement, elle est cantonnée à la salle de bains. Je n'aime pas l'y mettre. Néanmoins, elle a salement attaqué son mollet. La scène était trop drôle. Enfin, pour moi. Lui n'a pas du tout ri. Durant tout le dîner, il a parlé boulot malgré mes tentatives pour changer de sujet. On ne sort pas, ce soir, je n'ai pas d'énergie. On regarde un film à la télévision. Il ne cesse de parler et de critiquer le jeu des acteurs. Il m'agace. Je me retiens de le lui dire. Je ne veux pas nous gâcher le moment. On file se coucher. Il se déshabille de son côté et moi du mien. On ressemble à un vieux couple, le pire, c'est qu'il n'est pas ouvert aux changements. J'ai essayé. Un soir, j'ai tenté de lui ôter ses vêtements, il m'a gentiment enlevé les mains de sa chemise et m'a demandé de le laisser faire. Un autre, je me suis lentement dévêtue et il m'a regardé comme si j'étais E.T. Je vous jure ! Je crois que je le préférais en fantasme. Pour ne pas briser sa routine, il commence à me caresser et quand je sens poindre l'ombre du plaisir. Il s'empresse de passer une protection et l'affaire est dans le sac en presque quinze minutes. Il s'endort peu après sans le moindre geste d'affection. Je me lève, je prends un plaid et m'installe avec ma Bestiole sur le canapé.

Au matin, je suis à la cuisine à me faire mon café quand Thomas sort dc la chambre.

— Mais que fait ce chat en liberté ? grogne-t-il.

— Il est chez lui, réponds-je.

Alors qu'il s'étire comme un *pacha* dans son royaume, je l'interromps :

— Sais-tu quelle est ma couleur préférée ?

Il me regarde en levant un sourcil, perplexe.

— Non, et je ne vois pas pourquoi tu me demandes ça. Tu ne sais pas non plus quelle est ma couleur favorite.

— Le gris, réponds-je. Plus simple, dis-moi, sais-tu comment je prends mon café ?

— Je ne comprends pas le sens de cet interrogatoire, se défend-il.

— En fait, tu n'en sais rien. Cela fait près d'un mois et demi que tu dors ici deux à trois fois par semaine, et tu ne sais rien de moi. Ne serait-ce que les trucs de base. Thomas, que fais-tu avec moi, exactement ? Non, ne réponds pas, je ne veux pas vraiment savoir, enchaîné-je sans le laisser parler. Je ne pense pas que nous devrions continuer, tous les deux.

— T'es sérieuse, Suzy ? Je ne pense pas que le fait que tu saches ma couleur préférée ou la manière dont je prépare mon café indique que tu me connaisses mieux que je ne te connais. De plus, tu ne perdras pas que ton mec, si tu me quittes. Je ne travaille pas avec mes ex.

— Tu crois que je ne te connais pas ? Très bien. Tu es le fils d'une mère avocate au barreau de Paris et d'un père attaché au ministère. Je pense au ministère de la Défense ou de l'Intérieur, même si tu crois que c'est un secret. Tu as une sœur mariée, comme on l'attendait de par sa stature sociale, à un cadre dirigeant d'un grand groupe pétrolier. Tu as fait exactement ce que l'on attendait de toi, de grandes études. Puis, tu as enchaîné les boulots, pistonné par papa ou maman. Peu importe ! Tu es carriériste, égoïste et ne considères que ce qui peut contribuer à ta réussite. Je ne pense pas me tromper. Connais-tu seulement un détail sur moi qui ne soit pas professionnel ?

— Tu m'admires ! dit-il en affichant un sourire narcissique.

— Ce n'est pas faux. Au début, oui. J'ai besoin d'admirer l'homme que je fréquente. Le problème, c'est que cela n'est plus le cas, aujourd'hui. Tu auras ma démission sur ton bureau demain. Je suppose que je n'ai pas de préavis à faire. Prends tes affaires et sors de chez moi, mes amis vont arriver.

Je ne me sens pas triste. J'ai l'impression de m'être réveillée d'un rêve sans intérêt. La bande au complet arrive et se réjouit de ne plus voir Thomas. Aurélie semble attristée non pas de ma rupture, mais de ma démission. Du coup, je décide qu'il est temps d'accepter la proposition de Guillaume, présent avec Rebecca. Il est visiblement ravi. J'en profite pour proposer à Aurél de nous rejoindre, d'intégrer mon équipe. Elle gérera toute la partie financière : les chiffres, c'est pour elle. Elle est ravie et fait connaître sa joie en me tombant dans les bras pour un câlin. J'adore mes amis ! Je précise qu'il me faut encore une personne pour mon équipe. Cependant, je sais qu'il acceptera le poste. Il ne manque qu'un techos, quelqu'un qui sache chercher des infos dans un système informatique ou me dire si telle ou telle application, organisation, tel ou tel réseau… est mieux. Mon serveur au Brownie's Café va voir son vœu de CDI réalisé. Il n'a pas de diplôme. Par contre, il a un casier pour piratage de données confidentielles. C'est un informaticien sans égal. À vrai dire, c'est un *hacker* repenti. Il ne pirate plus et essaie de gagner sa vie. Sans diplôme et avec un casier, personne ne veut de lui. Pour moi, les diplômes, c'est bien. Mais l'expérience vaut tout autant. Quand on est capable de pirater un groupe bancaire pour dénoncer leurs communiqués ordonnant la vente forcée de produits financiers inutiles aux personnes âgées, on est apte à travailler avec moi. Nous convenons avec Guillaume que je commencerai dès mardi, le temps pour moi de faire ma proposition à Olivier, le *hacker*. Je vais kiffer ce nouveau *job*, c'est moi qui vous le dis !

Le mardi matin, je fais un point sur mon équipe et ma mission avec nouveau chef.

— Aurélie sera disponible d'ici une semaine. Elle a négocié sa fin de contrat. Olivier est à nous dès demain car il était en mission précaire. Je suis libre pour commencer à réfléchir à des problèmes que tu aurais identifiés, l'informé-je.

— Bien. Je suis ravi de voir à quel point tu es efficace. Cette semaine, je voudrais que tu rencontres les chefs de service un à un pour identifier leurs soucis, difficultés ou inquiétudes. À toi de me faire des propositions sur les points que tu auras remarqués. Sam passera la semaine avec toi afin de te servir de guide dans l'entreprise.

La semaine s'écoule rapidement. Je suis impressionnée, captivée par l'organisation et les moyens de la société. Sam remplit parfaitement rempli son rôle de tuteur, ce qui me donne une idée. Après une autre semaine de travail intensif, l'analyse des comptes avec Aurélie m'en inspire une autre. Je bloque donc un créneau horaire pour faire un point avec Guillaume et Sam le lundi suivant. Le temps pour nous de monter un dossier solide. Tous réunis dans une salle, je me lance.

— Tout d'abord, merci pour notre intégration. Le système de parrainage est une bonne idée, Guillaume. Cependant, je constate qu'elle n'est pas développée. Cela n'a été fait que pour moi. Même s'il est normalement de la responsabilité du supérieur hiérarchique de veiller à l'intégration des nouveaux collaborateurs, on voit que certains ne le font pas pour diverses raisons : manque de temps, d'envie ou tout simplement peur de mal faire. Je vous propose d'identifier dans chaque service une personne ayant des appétences pour la transmission de connaissances qui jouera le rôle d'intégrateur. Je sais, le nom n'est pas top, mais on va en trouver un qui sonnera mieux. Il guidera les nouveaux salariés et il pourra s'appuyer sur un manuel que nous allons mettre en place. Celui-ci expliquera tout ce dont un salarié a besoin : des plans des sorties de secours aux démarches administratives courantes. Il sera disponible sous format intranet pour plus de maniabilité avec une page à la main de chaque service afin d'y apporter ses spécificités.

— Qui aura la responsabilité de le maintenir dans le temps ? demande Sam à juste titre.

— Nous allons l'initialiser, c'est-à-dire monter l'ossature intranet et mettre la première version du guide à disposition avec l'aide des ressources humaines. Ensuite, il leur reviendra de faire les mises à jour. Olivier va leur créer une interface simple et rapide. Nul besoin de connaissances poussées, juste une petite formation que nous assurerons.

Olivier fait une courte présentation des écrans qu'il souhaite développer. Pour le moment, ce ne sont que des maquettes. Mais l'essentiel y est. Il a compris que ses écrans devront être faciles et ludiques.

— Je savais que l'on avait raison de t'embaucher, dit Guillaume. Il me semble que ton équipe et toi aviez deux points à nous remonter. J'ai hâte de savoir quel est le deuxième.

Pour faire l'état des lieux du second point, je laisse la parole à Aurélie. Avec des graphiques et des chiffres, elle démontre que nous dépensons beaucoup d'argent sur la prévention sanitaire en faisant appel à des intervenants en visite médicale obligatoire en passant par un cabinet extérieur et en formation premiers secours en ayant recours à la Sécurité civile. La dépense représente à elle seule le coût de plusieurs salariés. Elle n'est pas inutile et nous ne souhaitons pas l'arrêter. Nous voulons proposer une solution moins onéreuse et plus flexible. À ce moment-là, Aurélie me redonne la main.

— Nous avons remarqué la maison près de la cantine qui sert de stockage divers. Nous pourrions l'utiliser pour y créer un centre médical dédié aux salariés. Et placer le stockage dans les caves de l'immeuble après aménagement. D'une part, il remplirait les objectifs que nous avons déjà mentionnés. À savoir, la prévention sanitaire, les visites médicales obligatoires et les formations aux premiers secours. Et d'autre part, nombre de salariés nous ont fait part de leurs difficultés à trouver un docteur ou un rendez-vous en adéquation avec leurs horaires de travail. En effet, nous avons remarqué un nombre important d'absences pour consultation. Les salariés paieraient comme chez le médecin avec la carte vitale mais ne poseraient plus une journée pour s'y rendre.

— C'est une bonne idée ! déclare Guillaume. Mais ? Parce qu'il y a toujours un « mais », m'interroge-t-il.

Je me jette à l'eau.

— Deux petits bémols. Le premier est l'investissement de départ pour le matériel médical et l'aménagement, que nous avons chiffré, annoncé-je.

Aurélie montre alors nos calculs.

— Nous avons déjà identifié un salarié qui est en reconversion en secrétariat médical. Au lieu de perdre cette ressource en fin de formation, nous pourrions lui proposer de modifier son contrat afin de correspondre à notre projet. Le bémol concerne le docteur. J'ai pensé à quelqu'un. Cependant, je ne lui en ai pas encore parlé car il y a une possibilité qu'il refuse.

J'expose l'histoire et la situation de Dominique.

Guillaume et Sam hochent la tête en silence. Ils proposent de réserver le premier étage de la maison à l'usage personnel du docteur — en effet, le premier est quasiment un appartement —, en échange de quoi il verserait un loyer raisonnable. Ce compromis nous enchante tous. Le plus dur reste à venir : le convaincre ! Je suis ravie de pouvoir aider Dominique et le savoir sorti de la rue serait magique. J'aimerais partager ma joie avec Manu. Mais il fait toujours la gueule. Je parle avec Aurélie ou les autres de la bande. Ce n'est pas vraiment pareil. Il me manque ! Non, je ne le lui dirai pas ! C'est à lui de s'excuser. Vous êtes de quel côté, d'abord ?

Contrairement à ce que je croyais, Dominique a été facile à persuader. Je crois qu'il s'est réconcilié avec son passé. Il m'a dit qu'il ne serait jamais guéri car son amour pour sa femme est aussi éternel que sa douleur. Cependant, il apprend à vivre avec et va de l'avant.

Manu

Rebecca débarque chez moi. J'ai prévu de bosser dans ma chambre noire, ce soir. J'ai du boulot à rattraper. Faut dire que je ne suis pas très efficace, en ce moment. Je n'aime rien de ce que je produis. À croire que je n'y arrive plus ! La photo a toujours été instinctive, chez moi. Pourtant, rien n'y fait. J'ai essayé de me détendre en pensant que cela était dû au *stress,* mais rien n'a pas fonctionné.

— Cela fait presque quatre semaines que Suzy a rompu avec Thomas, tu devrais l'appeler, maintenant ! me conseil Rebecca.

— Ce n'est pas moi qui suis sorti avec un gland ! rétorqué-je.

— Elle a rompu, changé de *job* et vous êtes tous les deux malheureux de ne pas vous voir.

— Je ne suis pas malheureux ! grogné-je.

— Ce que vous pouvez être orgueilleux ! Tu vas l'appeler et tout va redevenir comme avant. À moins qu'il y ait autre chose ? me demande-t-elle.

Je lève un sourcil interrogateur. De quoi parle-t-elle ? Elle me fixe.

— Manu, je crois qu'il est temps que tu ouvres les yeux. Ce qui te dérange n'est pas que Suzy l'ait fréquenté. Tu ne veux simplement pas la partager. Pourquoi refuses-tu de voir que tu es amoureux d'elle et que vous n'êtes pas juste amis ?

— Ça se voit tant que ça ?

— Disons qu'il n'y a que vous deux pour ne pas le voir. Même si je te soupçonne de l'avoir compris depuis quelque temps.

Je baisse le regard et secoue la tête. Je ne peux me cacher derrière aucune excuse. Je marche nerveusement dans l'appartement, les mains dans les poches.

— Elle me voit comme un frère. Elle n'a que moi comme famille. Elle ne me verra jamais autrement. Je dois me faire une raison et n'être que son meilleur ami.

— Je ne crois pas. Elle te voit comme son frère car tu ne lui donnes pas la possibilité de te voir comme l'homme de sa vie. Dis-lui ce que tu ressens pour elle.

— Comment ?

…

Suzy

Sans Manu, les soirées et les *week-ends* sont bien plus longs. Je me traîne dans les jardins de Paris, qui n'ont plus la même saveur. Je décide de rentrer et trouve dans le courrier une enveloppe blanc perle très raffinée. Ce genre d'enveloppe annonce un mariage imminent. Aurélie et Tristan se marient l'an prochain. Ils n'ont pas envoyé leur invitation un an à l'avance ! Cette enveloppe m'intrigue. Je n'ai pas le temps de l'ouvrir que mon portable sonne. Je m'étonne du nom qui s'affiche. Thomas m'appelle alors que l'on ne s'est plus parlé depuis notre rupture. Que veut-il ? Je ne me demande pas longtemps si je prends l'appel parce qu'il bascule sur la messagerie. J'interroge mon répondeur : « Bonjour Suzy. Je voulais savoir comment tu allais et te dire à quel point tu nous manques, tu me manques. Au bureau, ce n'est plus pareil, sans toi. J'ai appris que tu roulais pour Talion, désormais. J'espère que nous pourrons travailler ensemble à son expansion ! » Nous y voilà ! Le requin se dit qu'il pourrait perdre un gros client. Je réfléchis un instant et je lui renvoie : « Il me semble t'avoir entendu dire que tu ne bossais pas avec tes ex. Il va falloir apprendre à travailler pour tes ex, alors. N'utilise plus jamais ce numéro, il est réservé à ma vie privée ». Je jubile à l'idée qu'il va enrager en lisant mon message et pouffe seule dans mon *hall* d'immeuble.

Quand je passe la porte de mon appart, la Bestiole me saute dessus, faisant tomber le courrier de mes mains. Je la caresse longuement et ramasse ma correspondance. J'ouvre la fameuse enveloppe, qui contient un carton tout simple. Il est du même coloris que l'enveloppe. En lettres dorées, on peut lire : « Il était une fois… » avec la date, l'heure et l'adresse. Rien de plus. C'est curieux. Peut-être que c'est une invitation à la prochaine expo de Manu. Il fait enfin un geste de réconciliation. J'irai. Il me manque trop !

CHAPITRE 7

Il était une fois…

J'arrive devant le lieu de l'expo. Il s'agit d'une galerie d'art à la façade vitrée. Un rideau de fils dissimule les œuvres. C'est surprenant. Habituellement, c'est le contraire. On ne met rien afin que le passant voie les toiles, objets ou photos exposés de l'extérieur. Cela crée l'envie et les pousse à entrer. Je prends une profonde inspiration. Ce n'est pas le moment d'angoisser. Je n'ai pas revu mon meilleur ami depuis notre dispute. Cette invitation est la preuve de sa volonté de réconciliation. Je pousse la porte. Les mots « Il était une fois… » sont suspendus en l'air dans une jolie calligraphie comme celle des livres anciens. L'expo est fléchée, c'est un parcours. J'aime assez ce concept. Elle est conçue comme une histoire. Nous avons déjà assisté à ce type de mise en scène, mais c'est la première fois qu'il l'utilise. Je me dirige donc vers le numéro un. Je me fige en arrivant devant. Il y a une photo avec un texte à lire. Une photo de moi enfant à l'époque où j'ai rencontré Manu. Peut-être le jour même de notre rencontre. Je suis devant chez moi, le regard fixé sur je ne sais quoi avec un éclat de curiosité. La note dit : « Une adorable et jolie petite fille qui se prenait pour un vulgaire crapaud. Une fille pleine de surprises, d'intelligence et d'audace. Un jour de printemps comme les autres où le soleil brille d'un doux éclat et où les oiseaux chantent leur bonheur, elle prend ses repères dans sa nouvelle maison et son nouveau quartier. Elle craint de ne pas s'adapter à cette nouvelle ville, de ne pas trouver de nouveaux amis… »

Le texte s'arrête là. Pour connaître la suite, je dois me rendre au numéro deux. C'est le principe. Je ne sais pas trop où j'en suis. Cette expo n'est pas ce à quoi je m'attendais. En fait, je ne sais même pas à quoi je m'attendais. Je sens comme une angoisse dans le bas de mon ventre et ma gorge se serre un peu. Je crois que je redoute d'aller voir le reste. Faut que je respire. Je souffle un coup et j'enchaîne. La seconde étape est constituée d'une photo, d'un texte et d'un labyrinthe à fourmis. Il est posé sur une petite table. Je m'en approche. Il y a foule de fourmis, chacune attelée à sa tâche. Certaines transportent de la nourriture ou des morceaux de feuilles sur leur dos, d'autres travaillent à l'élargissement des galeries et du foyer principal. C'est une ville miniature. Je les observe un instant, puis reporte mon attention sur la photo. Manu et moi sommes dessus, devant chez lui. Nous sommes allongés sur la pelouse, ventre contre terre. Je me souviens de ce jour-là. On cherchait des fourmis pour prendre des clichés. Mais chaque fois que l'on pensait en avoir assez, on se rendait compte qu'elles se sauvaient de notre seau. Une seule personne pouvait prendre cette photo : Ambra, ma maman de cœur. Rien qu'à cette idée, j'en ai les larmes aux yeux. Je me retiens tant bien que mal et finis par essuyer la première sur ma joue. Je prends sur moi pour lire l'affichette sur laquelle est écrit : « Pourtant, une fée penchée sur son berceau lui a destiné un ami, le meilleur qui soit. Un compagnon d'aventure qui la guidera dans sa quête ».

La boule d'angoisse au niveau de mon ventre grandit en suivant le parcours. Je n'y survivrai pas. Pour les numéros suivants, de trois à dix-neuf, il y a des photos et des objets, parfois une ou deux lignes. Je retrouve des chaussures de montagnes pour la fois où nous sommes partis en rando avec ses parents ou un de mes brouillons de recette, plein d'annotations et de taches. Du chocolat, je crois. Je suis sur chaque cliché. Pas toujours en entier, une pour chaque année après ma rencontre avec Manu. La photo cinq me montre endormie la tête posée sur mon bras. C'était lors de notre *road trip* en Italie. Je ne l'avais jamais vu avant aujourd'hui. À vrai dire, je ne connaissais quasiment aucune de ces photos. Sur le cliché dix-sept, on ne voit que mes jambes en noir et blanc. Vues de haut, elles semblent interminables. La dernière, elle, je la connais. Elle nous représente, Manu et moi, tous les deux allongés sur le sable dos à dos de sorte que nos têtes sont l'une à côté de l'autre en sens inverse. Il l'a faite avec son téléphone à l'aide d'une perche le dernier été avant que je n'entre chez Infiniformatique, durant nos vacances. Tout le petit groupe est parti ensemble. Manu et moi partagions la même chambre. On a l'habitude.

La dernière étape n'est pas une photo. Je ne vois qu'une enveloppe avec « Ouvre-moi » écrit dessus. J'ai l'impression de voir la scène plus que de la vivre. Cependant, je me lance. Je sors délicatement son contenu. Elle contient un feuillet plié en deux. Sur le dessus, quelques mots apposés dans une jolie écriture que je reconnais de suite. Les larmes montent et je ne les retiens plus. C'est une lettre d'Ambra à Manu. Elle ne m'est pas destinée. Je n'ai pas peur de l'ouvrir, j'ai juste peur de ce que je vais ressentir.

Mon fils, mon amour,

Quand tu étais enfant, pour t'endormir, je te chantais une chanson tellement souvent que je suis sûr que tu t'en souviens :

« J'ai découvert qui je suis, tout a changé le jour où je t'ai donnée la vie… »

Avant de t'avoir, je croyais tout savoir, j'étais pleine de certitudes et tu m'as forcée à voir la vie avec un nouveau regard. Tu es et tu resteras ma plus belle réussite, la meilleure chose que j'ai faite de ma vie. Ne doute jamais de l'amour que je te porte car il est éternel.

Je sais qu'aujourd'hui, tu souffres de mon départ. Avec le temps, la douleur s'estompera. Elle ne disparaîtra pas. Mais mon absence sera moins douloureuse. Sache que je suis toujours là, pas comme un fantôme, sapientone*. *Je suis en toi. Je transparais en toi à* *travers toutes les choses, les valeurs que je t'ai enseignées, les moments et souvenirs que nous avons partagés. Ne sois pas en colère. C'est un sentiment inutile qui ne fait pas avancer. Je veux que tu penses à moi seulement avec amour, pas de tristesse. J'ai bien vécu grâce à toi, mon fils.*

J'ai même eu la chance de rencontrer un ange. Nous savons tous deux que c'est à Suzy que je pense. Je l'ai aimée comme une fille. Je n'aurais pas voulu pour toi qu'elle le soit. Je vois, moi, l'amour qui vous lie et que vous refusez d'admettre. Tu n'es pas prêt à l'accepter mais je sais que tu y viendras. Elle est la femme qui changera ton existence, qui te fera la voir autrement, te sentir à la fois faible et fort. Elle sera ta compagne, ton seul et véritable amour. Je sais que tu ne fais que tromper ton cœur avec ces filles qui défilent dans ta vie. Le temps que vous soyez prêts.

Mon fils, n'attends plus pour lui avouer tes sentiments. Vous avez assez tant de choses à découvrir ensemble.

Vis, mon bébé et rends-la vivante, heureuse. Et, faites-moi, un jour, des petits-enfants.

Je t'aime plus fort que l'imaginable.

Ta mère à tout jamais.

Ambra

*petit malin en italien.

Je sens quelqu'un derrière moi passer ses bras autour de ma taille. Je reconnais immédiatement cette chaleur, son odeur. Je me retourne doucement, Manu se tient là. Son regard me déstabilise et je sors en courant de la salle d'exposition. Il me faut de l'air ! Il faut que je respire ! Une fois sur le trottoir, je m'arrête pour remplir mes poumons. Il me rattrape.

— Ne me fuis pas, Suzy !

— Je ne fuis pas. Je ne comprends rien ! Qu'est-ce que tout ça signifie ? demandé-je.

— Tu le sais déjà. Je t'aime, Suzy. Et pas comme on aime une sœur. Je te veux toi tout entière dans ma vie. Je ne veux plus faire semblant qu'être amis me suffit. Ce n'est pas le cas.

Il m'oblige à le regarder dans les yeux en remontant mon menton avec sa main. Il me caresse la joue et mon cœur bat si vite que j'ai peur qu'il ne sorte de ma poitrine.

— Si… Imagine que cela ne fonctionne pas entre nous. Je ne supporterais pas de te perdre ! dis-je.

— Pourquoi cela ne marcherait pas ? Et tu me perdras si tu n'essaies pas. Aimer, c'est prendre le risque de souffrir.

Je ne sais plus quoi dire ou penser. Manu s'approche doucement et nos visages sont si près que je sens son souffle sur ma peau.

— Je vais t'embrasser et si tu ne ressens rien, alors, je jure de te laisser tranquille, tu n'entendras plus parler de moi.

Il pose ses lèvres délicatement sur les miennes comme le frôlement d'une plume. Une chaleur naît au creux de mon ventre et envahit tout mon corps quand son baiser se fait plus pressant. Ma bouche s'entrouvre et nos langues se trouvent. Jamais je n'ai ressenti baiser plus intense !

Quand nos elles se séparent, il sonde mon regard. Pour toute réponse, je tire son bras et l'entraîne avec moi.

— Suzy, où va-t-on ? demande-t-il, inquiet.

— Chez moi !

Une fois devant ma porte, Manu tire légèrement sur mon bras. Je me retourne.

— Si on rentre tous les deux maintenant, on ne pourra plus revenir en arrière. Tu comprends ? J'en ai rêvé des tas de fois. Mais je veux que tu sois sûre de toi, dit-il.

— Peut-être pour la première fois de ma vie, je n'avance pas avec la peur au ventre. Mais parce que je sens que c'est ce qu'il y a de mieux pour moi. C'est devenu une évidence quand on s'est embrassés. Tu es devenu mon évidence, réponds-je.

J'ouvre rapidement la porte et nos lèvres se retrouvent. Il me plaque au mur et ses mains se baladent sur moi. Je me sens si bien ! La Bestiole reste à distance, je crois que tout ce remue-ménage l'effraie un peu. Manu nous dirige vers la chambre sans que nos corps se détachent. J'ai l'impression que je ne pourrai plus me séparer de lui. Dans la chambre, je n'y tiens plus. Je commence à le déshabiller. Alors, il s'arrête et verrouille son front au mien. Sa respiration est saccadée.

— Si tu ne veux pas que je le fasse, je comprendrai.

Il me regarde avec cette flamme de désir dans les yeux que j'adore.

— Fais de moi ce que tu veux, Suzy. Je t'appartiens depuis toujours.

Je fonds avec avidité sur ses lèvres. Plus rien ne nous arrêtera. Je le débarrasse de ses vêtements et admire un instant son corps de rêve. Il le remarque et sourit. Il me retourne, défait la fermeture éclair de ma robe avec douceur, effleurant de son autre main ma peau nue. J'en frissonne. Mille sensations me traversent quand il me touche. Je pivote, en manque de ses lèvres. Il fait tomber les dernières barrières entre nos corps nus. Ma culotte et mon soutien-gorge retrouvent rapidement ma robe au sol. Il prend lui aussi un instant pour me contempler, je ne me sens pas mal à l'aise sous son regard.

— Tu es tellement belle ! souffle-t-il comme un secret trop longtemps gardé.

Il m'allonge, se place sur moi et commence une délicieuse torture. Il m'embrasse dans le cou tandis que sa main caresse mon sein droit avec adresse. Je sens que je vais devenir définitivement folle ! Il prend tout son temps comme pour s'assurer de n'oublier aucun centimètre carré de ma peau. Il descend et je m'envole. Sa bouche sur ma poitrine et mon bas ventre me font voir des étoiles. C'est bon, intense. Il grogne et relève la tête. Il me regarde avec un petit sourire. Puis il applique de petits frôlements sur l'intérieur de mes cuisses. Je ne survivrai pas ! Sa langue commence à jouer avec mon petit bouton. Une première vague de plaisir me submerge. Il ne s'arrête pas et intensifie ses caresses en soufflant à voix basse « encore, Suzy ! » Mes doigts sont agrippés à ses cheveux. Je suis haut dans le ciel étoilé. Je l'implore de me prendre mais il m'emmène une fois de plus au paradis avant de céder à ma prière. Il me pénètre et je me sens enfin complète, délicieusement remplie. Mes hanches ondulent au rythme de ses va-et-vient. Je plante mes ongles dans son dos. Il en soupire d'aise, ce qui accroît le mien. Jamais je n'ai eu autant de désir. On se crispe à l'unisson et quand le plaisir nous submerge, il dit avec force et conviction cinq mots qui me vrillent le cœur.

— Je t'aime, ma Suzy !

Il se laisse tomber à côté de moi, je me tourne. Il m'attrape par les hanches et j'épouse son corps. Il dépose de petits baisers dans mon cou.

— Je ne te laisserai plus partir, tu sais ? demande-t-il.

— J'y compte bien ! soufflé-je.

Cette réponse semble le ravir car je sens son envie taper le bas de mon dos. Cet homme est inépuisable ! Je décide de diriger les hostilités, cette fois, et je prends la main. Je me mets à califourchon sur lui et je me balance avec lenteur. Il grogne de plaisir en cajolant ma poitrine. Je sens venir mon plaisir quand sa verge gonfle un peu plus. Il accroche mes hanches fermement. Nous jouissons à nouveau simultanément. Je retrouve ma place entre ses bras et m'endors sous ses baisers. Dans mon demi-sommeil, je l'entends me répéter ces cinq mots que je n'oublierai jamais. Cette nuit-là, nous avons refait l'amour et j'ai définitivement perdu la tête et mon cœur.

Six mois plus tard…

J'erre dans mon appart à quatre heures du matin, un verre de lait froid et un biscuit à la main. Dans mon lit, Manu dort paisiblement. J'ai fermé la porte de la chambre pour ne pas le réveiller. Il s'est endormi peu de temps après que l'on a fait l'amour encore et encore, des plans sur la comète et ri comme des enfants. Je pose ma tête sur le coussin du canapé et je respire son odeur. Il n'y dort plus. Cependant, son parfum y demeure.

— Que fais-tu là ? Tout va bien ? demande Manu, à moitié réveillé et totalement dévêtu.

Qu'il est beau, mon homme ! Comment ai-je fait pour ne pas voir à quel point nous sommes faits pour être ensemble ?

— Tout va bien, dis-je en me redressant. Je me dirige vers ses bras, qui m'accueillent naturellement.

Je niche ma tête dans son cou et le hume avant de dire :

— Te souviens-tu de ce que je dis du mariage ?

— Que ce n'est ni une preuve d'amour ni un engagement, pour toi, dit-il avec un air interrogateur. Aurais-tu changé d'avis ? demande-t-il.

— Non. Et qu'est-ce qui est, selon moi, une preuve d'engagement ? le questionné-je.

Il ouvre soudain de grands yeux étonnés. Il me soulève et me fait voler dans ses bras.

— On va avoir un bébé ! crie-t-il de joie.

Il est si beau en cet instant !

— À vrai dire, on va en avoir deux. Je l'ai appris ce matin…

REMERCIEMENTS

Je remercie mon mari et ma fille, qui ne s'offusquent pas quand je dis que j'ai du boulot alors qu'en fait, j'écris des histoires qui me passionnent. Un merci tout spécial à Laura Trompette pour son stylo à paillettes qui m'a accompagnée durant toute cette aventure.

Une pensée émue pour ma Bêta, Emylit, une amie qui croit plus en moi que moi-même. Aux auteurs autopubliés (Lilly Sweet et Kaléna, entre autres), merci de nous prouver que l'autoédition est chaleureuse, pleine de diversité, d'imagination et de bonheur.

Enfin et surtout, MERCI à vous qui me lisez parce que sans lectrices et lecteurs, il n'y a pas d'auteurs !

Bonus

La fameuse recette du *cake* citron et pavot de Suzy

Ingrédients :

-150 g de farine

-50 g d'amande en poudre

-100 g de beurre à température ambiante

-3 œufs

-1 zeste et demi de citron

-1 cuillère à soupe de graines de pavot

-1 sachet de levure chimique

Préparation :

-Préchauffez le four à 180° ou thermostat 6 en chaleur tournante

-Battez ensemble les œufs et le sucre jusqu'à obtention d'un mélange mousseux.

-Faites fondre le beurre. Ensuite, ajoutez-le au mélange précédent.

- Ajoutez tout en mélangeant la levure, la farine, la poudre d'amande, le pavot et le zeste.

-Enfournez pour 40 minutes de cuisson à mi-hauteur.

-Laissez refroidir et dévorez !

14698958R00093

Printed in Germany
by Amazon Distribution
GmbH, Leipzig